何度記憶をなくしても、きみに好きと伝えるよ。

湊祥

STARTS
スターツ出版株式会社

高校に入学してから、うまく友達がつくれず、
クラスで浮いてしまった引っ込み思案の私。

生まれつきのグレーの瞳に栗色の髪。
ヤンキーだという噂まで勝手に立てられ、
私はみんなにおそれられていた。

そんな私に壁をつくらずに話しかけてくれたのは、
かっこよくてクラスの人気者の、中井悠くん。

「俺は折原さんが怖いと思ったことなんて一度もない」
「折原さんが優しいこと、俺は知ってる」

いつも優しくて、おだやかで、
私の気持ちをくんでくれて。

釣り合わないと思いつつも、
私はどんどん彼に惹かれていった。

そしたら、信じられないことが起こった。

「好きになってたんだ。折原さんのこと」
「俺の彼女になってください」

——夢かと思うくらい、嬉(うれ)しかった。

そして晴れて私たちは恋人同士となり、
ずっと一緒にいようと誓(ちか)いあった。

——だけど。

「君は誰(だれ)……？」

悠はある日突然(とつぜん)私のことを忘れてしまった。
しかも、悠の彼女だと言いはる、
別の女の子まで出てきて、
私はどうすればいいかわからなくなってしまった。

さらに悠には、
私が知るよしもない秘密があって——。

——ねえ、悠。

私はあなたの魔法(まほう)が解けるまで、
ずっとずっと花を届け続けるよ。

contents

茶トラの仔猫は彼になつく

「トラ子ー！」
　私がそう叫ぶと、傍らにあったベンチの下から、茶トラの仔猫がにゃーんと鳴きながら、軽快な足取りで私に近づいてきた。
　思ったより近くにいたんだね。
　トラ子は、私の足にスリスリと頬をこすり、鼻をひくひくさせている。
　うろうろと、落ち着かない様子だ。
「待って待って、ちゃんとあげるから」
　苦笑を浮かべて、私は通学リュックに手を入れ、自宅のキッチンから持ち出したかつお節とにぼしが入った袋と、紙皿を取り出した。
　そして紙皿の上にかつお節とにぼしをのせて足もとに置くと、勢いよくトラ子はがっつき始める。
　学校近くの公園。登校時と下校時、私は必ずトラ子に会うことにしている。
　もちろん、貢ぎ物を持って。まあ、気まぐれな猫なので、いないこともあるけれど。
　野良猫に餌をやるのは、あんまりよくないことなのだと思う。
　責任を持ってちゃんと飼えないのなら、中途半端なことをしてはならない。
　しかし、高校入学直後に、親猫とはぐれてしまったトラ子をこの公園で見つけてしまい、どうしても放っておけなかった。

今までやったことのなかったSNSに登録して、トラ子の情報を載せ引き取ってくれる人がいないか発信しているが、なかなかいい反応はない。

高校１年生女子の私の財力じゃ、予防接種をしたり病気の検査をしたりして、トラ子の健康を保証するのが無理だからという点も大きいのかも。

お母さんに言えば助けてくれるかもしれないけど、母子家庭の私の家には、お金にそこまでの余裕はなくて。

お母さんは私に不自由させないようにしてくれてはいるけれど、なんとなくそれくらいはわかる。

――というわけで、健康そうには見えるけど、医者からのお墨付きがないトラ子を、わざわざ自分の家に迎えるような奇特な人は見つからなそうで。先行きは暗いってわけ。

「おいしかった？」

皿を舐めるように綺麗に食べたトラ子は、その場で満足げに毛繕いを始めた。

「猫っていいなあ……。ふわふわで、かわいくて」

なにもしなくても、自由に好きに生きていても、かわいがられて。

私にもそんな能力があればいいのにな。

残念ながら、私が持っているのは人を寄せつけない、鉄壁のガード力だけですけどね。

高校に入学して、２か月。

すでにクラスの中では、気の合う人同士のグループができていて、なかなかそのメンバーが入れ替わることはない。

そして私はどこのグループにも属していない。
理由はふたつ。ひとつは、私が入学式の当日にひどい風邪をひいてしまい、１週間も休んでしまったこと。
学校での友達づくりは、最初が肝心なのである。そしてその“最初”を逃してしまうと、巻き返しをはかるのはなかなか難しいシビアな世界なんだ。
風邪が治って登校した頃には、すでにいくつかある女子グループのメンバーは固定されていた。そう、あふれた者が入る余地などないほどに。
また、不幸なことに、この学校に私と同じ中学出身の人はいない。
中学卒業と同時に、お母さんが転職したためこの街に引っ越してきたばかりだからだ。
そしてもうひとつは、私の外見だろう。
私のお母さんも、亡くなった父も純日本人だ。
しかし、お母さんの出身地の秋田県は、青やヘーゼル色の瞳の人の数が、ほかの地域に比べて多いらしい。
東北地方は古来より、大陸の血が混ざる機会が多かったからなのだとか。
お母さんはそんな東北人の特徴が色濃かった。瞳はぱっと見でわかる淡いグレーだし、髪の毛も明るい栗色。
それで、私はその血をバッチリ受け継いでしまったというわけ。
目立つから嫌だった時期もあったけれど、美しい母親譲りの瞳と髪の色を、今の私は変えるつもりはない。

たとえ、友達づくりの足かせになったとしても。
切れ長の瞳に悪い目つき、そしてやたらと白い肌。
たぶんクラスメイトは、私のことをカラコンを入れて髪を脱色したヤンキーだと思っているだろう。
私のこの外見は同世代のみならず、大人たちからのウケもすこぶる悪い。
夕方、人気のないところを歩いていただけで、補導されそうになったことや、ただ買い物をしていただけなのに万引きを疑われたこともあった。
それでも中学生の頃は、小学校時代からの友達ばっかりだったし、大人も知っている人が多かったので、見た目で避けられることはなかった。
慣れている人たちばっかりだったから、緊張してうまく話せないということもなかったし。
まあ、ときどき男子にからかわれることはあったけどね。それでも仲のいい女子がいたから、べつにそんなに気にならなかった。
だけど、高校では、みんながみんな私とは初対面。
きつそうに見える外見と口下手なところから、『折原さんはひとりが好きな人なんだろう』的な、そんな印象を与えているのではないかと思う。
いやいや、私だって友達が欲しいんだけどなあ。ひとりでもいいからさ。
だけど、人見知りで話すのも苦手で、照れ屋な私が、よく知らないクラスメイトにそんなこと言えるわけもなく。

私は『好きで孤独でいる』という体で、クラスに存在していた。

高校生になってみんな大人になったのか、“ぼっち”に対してイジメがないのはよかったけれど。

ヤンキー女（違うけど）の数少ない友達が、公園をさまようかわいそうな仔猫だなんて、昭和のメロドラマみたいで、滑稽だ。

こんな姿をクラスメイトなんかに見られたら、きっと笑われるに決まってる。絶対にバレないように気をつけなきゃ、うん。

「おねーちゃーん！　おはよー！　トラ子もおはよー！」

私がそんなことを固く決意していると、元気な男の子の声が公園に響いた。

声の主は、パタパタと私のもとへと駆けよってくる。かわいらしい幼稚園の制服の裾をはためかせながら。

「実くん！　おはよー！」

やってきたのは、私がこの街に越してきてから、打ち解けられた貴重な人間のひとり、いや、ふたりだ。

「おはよう、桜」

「うん、おはよう」

実くんのあとをゆっくりと歩きながら追ってきた、長身でやたら美形な男の子に、私は軽く会釈をする。

実くんの兄で、私よりひとつ年上らしい渉くんだ。

彼らはこの近所に住んでいるらしい。実くんを朝幼稚園に送るのが、登校前の渉くんの日課で、彼らは毎日ここの公園を通る。
　ある日、トラ子とたわむれていた私に、実くんが食いついてきたのが、顔見知りになったきっかけだ。
「トラ子ー、ふあふあー」
　実くんがトラ子の背中をなでる。トラ子は目を細めて気持ちよさそうに身を任せた。
　小さい子は力加減がわからず、動物の機嫌をそこねてしまうことが多いのに、私の教えもあってか、実くんはトラ子の扱い方をそれなりに心得ていた。
「いつも朝早くからえらいね」
「えらい？　え、でも好きでやってるだけだし、私……」
　トラ子と遊ぶ実くんを眺めながら言った渉くんの言葉の意味がわからず、私は首をかしげる。
「いや、だってさ。桜がこいつにご飯あげてなければ、今頃生きてないかもしれないよ。っていうか、たぶん死んでるって。こんな小さいやつ」
「そ、そうかなあ……？」
「うん。毎日来て面倒見るとか。なかなかできないって」
　淡々と真顔で喋る渉くん。はたから見ると少し不機嫌そうに見える。
　しかし、彼は無意味な愛想を振りまくタイプじゃないので、これはいたって平常モードなのだ。
　彼らと知り合ってしばらくたつ私は、もう慣れていた。人と話すのが得意じゃない私に、よく似ている気がする。
　渉くんも実くんも、金に近い髪の色に、ブルーの瞳をしている。

彼らのお母さんがドイツ人と日本人のハーフで、いわゆるクオーターなのである。ふたりとも顔が小さく、彫りの深いやたらと整った顔立ちをしている。

まあ、その点は“ぼっち”の私とは違って、黙っていても女の子が寄ってくるのだろうけれど。

そういうこともあってなのか、彼らは私の変わった見た目に対して、とくになにも思っていないようだった。

ちなみに渉くんとは通っている学校も違う。この公園で、私がトラ子の世話をしている時に、会うか、会わないか。そんな顔見知り程度の関係だった。

見た目のことも気にせず、学校での私の立場も知らず、気軽に話してくれるふたり。

私はこの公園で渉くんと実くんに会えることに、かなりの癒しを感じている。

渉くんはトラ子の近くまで歩みよると、かがんでトラ子の顔に向けて人さし指を突き出した。トラ子はそれに向かって鼻をひくひくさせる。

「お前もがんばって、でかくなれよ」

「でかくなれよーっ！」

少しだけ微笑んで言った渉くんの言葉を、実くんがまねる。優しく仲のいい、眉目秀麗な兄弟。

なんかよく考えたら私、このふたりと仲よくなれたのってすごくラッキーなんじゃない？　というか、いろんな女の子に恨まれそう。

涉くんが腕時計で時刻を確かめると、トラ子を相変わらずモフっている実くんにこう言った。

「あ、そろそろ幼稚園の開門時間だな。行くぞ、実」

「えー！　ぼくもっとあそびたいのにー！」

「ダメだ、遅刻する。明日もまた来ればいいだろ」

「ちぇー、おにーちゃんけちー。わかったよー」

駄々をこねかけた実くんだったけれど、口を尖らせてしぶしぶ了承した。なんてかわいらしい。

「それじゃ俺たち行くから。桜も学校遅れないようにな」

「うん、ありがとう」

「おねーちゃーん！　トラ子ー！　ばいばーい！　またね！」

「うん、またね！　涉くん、実くん」

「うん、また」

そんなやり取りをすると、ふたりは公園をあとにした。

私は足もとで寝そべっているトラ子のお腹をなでまわして、ぼんやりと公園の時計を眺めた。

――はっ。いかんいかん。私もそろそろ学校に行かなくちゃならない時間だ。

私はご飯入れに使った紙皿を回収し、トラ子に「じゃあね」と言うと、急ぎ足で学校へと向かった。

「おはよー！　ねー、今日帰りに駅前のクレープ食べにいかない？」

「お！　いいねー！　行く行く！　……あ。生物のレポートやった？」
「げ、やっば忘れてた……。今からやって間に合うかなあ」
「生物は5時間目だし、いけるんじゃない？」
教室に入ると、みんな仲のいい友達同士で、楽しそうに会話をしていた。
私はそのどの会話にも加わらず、誰とも挨拶をせず、まっすぐに自分の席へと向かい、腰(こし)を下ろした。
“ぼっち”の私の朝なんて、毎日こんなものだ。
席に着いたと同時に、チャイムが鳴った。朝のホームルームの開始の合図だ。みんな慌(あわ)ただしそうに自分の席に着く。
「おはよー、折原さん」
すると、私の隣(となり)の男子が、席に座りながら気安く挨拶をしてきた。
中井悠。率直に言うとリア充で、明るいその性格から、クラスの中心的な存在。授業中も、たまに冗談(じょうだん)を言ってはクラスをわかせている。
そして、やたらと整った女性みたいに綺麗な顔に、高1にしては大きめの170センチ台後半と思われる身長。
短い黒髪は無造作に散らしてあり、耳もとにはシルバーのフープピアスが時折光る。中性的な彼にはとても似合っていて、センスだってよさそうだ。
下ろした前髪の隙間(すきま)から覗(のぞ)く、好奇心旺盛そうに光る大きな瞳に、図らずも堕ちてしまう女子が多いとか。
なぜかこの人だけは、私に対してビビらずにほかのクラスメイトと同じように接してくるのだった。

　ぶっちゃけると彼ってあまり悩みがなさそうに見えるから、きっと何事にも無頓着で、なにも考えずに私に話しかけている可能性が高いけど。

「……お、おはよ」

　私は目も合わさず、おどおどしながら言う。こんなキラキラ男子に、どんな顔をして接すればいいのか、わからなかった。

「あ、ねー。古文の訳、やってくるの忘れちゃった。折原さんやってきてるんなら、見せてくれないかなー」

　私の緊張した態度を気にする様子もなく、人なつっこい様子で言う。こんなの、少し嬉しくなってしまう。

「宿題は……じ、自分でやらなきゃ」

　思いとは裏腹に正論を言ってしまう。あー、なにやってんだろ、私。

「真面目だなあ、折原さんは」

　とくに気分を害した様子もなく、中井くんは軽い口調で言った。

　本当に、どうして私みたいな爪はじき者にかまうんだろ、この人。

　そしてホームルーム後の古典の授業になると、中井くんは開始５分程度で机に突っぷして、寝てしまった。

　なんか知らないけど、この人はよく寝る。学校に睡眠を取りにきてるんじゃないかと思うほど。

　しかし、古文の担当教諭の佐藤先生は、ねちっこく容赦がない男性だ。

よそ見をしていたり、寝ていたりする生徒を指名しては、返答できない様子を見て嫌みを言う。

まあ、集中してない方が悪いんだろうけど。でも、古文なんて高校生の私たちには苦行でしかないんだから、少しくらい大目に見てほしいと思ってしまう。

そして、案の定。

「じゃあ、『まうく』の単語の意味を——中井」

あまりにも堂々と睡眠をむさぼる中井くんを、佐藤先生が指名する。

中井くんは指されたことにまったく気づいていない。先生の逆鱗に触れそうなので、私はこっそり彼の背中をたたいた。

「——え、あ……。はい」

状況を理解したのか、眠そうな声をあげながら彼が立ちあがった。

だがもちろん、質問内容すら理解していない彼に答えられるわけはなく、テキストを見ながら「えーと……」なんて言っている。

入学早々に実施された実力テストの上位者に彼の名前があったから、成績自体は優秀なのだろう。しかし、さすがに眠りこけてまったく話を聞いていなかったのだから、問いに答えられるはずがない。

佐藤先生の顔が引きつる。

もうハラハラする。見てられない。

私はこっそり、彼の机の上に自分のノートを置き、質問の答えの部分をシャーペンの先で示した。
「あ、じゅ、準備する、です！」
　あわあわしながらも彼が答える。
　中井くんをいじめたかったらしい先生は、予想に反して正解を答えられてしまったことに、苦虫を噛みつぶしたような顔をした。
　しかし「正解だ」と短く言うと、板書しながら次の箇所の解説を始める。
　中井くんは安堵したかのように席に座る。私は何事もなかったかのように、板書の内容をノートに写しだした。
　――すると。
「ありがとう、折原さん」
　隣からそんなことを言われた。心から感謝しているような声に聞こえた。
「べ、べつに」
　彼の方は見ずに、照れ隠しするために愛想もなく私は言う。どうしてこんな言い方をしてしまうんだろ、もう。
「折原さんって優しいよね」
　中井くんは、驚くべきことを言った。
　ただちょっと答えを見せただけで。それに、愛想よく話せない私が、優しい？
　どんな反応をしていいかわからず、私は聞こえないふりをした。

「ただいま」

授業が終わり帰宅すると、看護師のお母さんが夕方からの勤務に出かける準備をしていた。
「おかえり！　あ、晩ご飯冷蔵庫に入ってるからねー！　チンして食べんのよー！」
お母さんは太陽のような笑顔を私に向けて言う。彫りが深く美しい顔立ちが、さらにまぶしく光った。
私が物心つく前に、父とは病気で死別している。しかしお母さんはいつだって明るかった。子育てに仕事に、息をつく暇（ひま）なんてないはずなのに。
そんなお母さんが私は大好きだ。だから、余計な心配をかけちゃならない。
「桜、最近学校どう？　もう高校生になって2か月ね。慣れた？」
通勤バッグの中を整理しながら、お母さんがたずねてくる。宿題をしていた私はギクリとしたが、お母さんに向けて笑顔を作って、明るくこう返す。
「うん、それなりに楽しくやってるよ」
「そうなの？　あんまり友達の話をしないから、どうなのかなって。中学生の時は、よく話してくれてたのに」
「いちいち親に話すような年でもないの。まあ、ちゃんと友達できてるから」
「ふーん、それならいいんだけど……」
なにか言いたそうにお母さんは私の方を見た。中学の時とはテンションが違う私の様子を、少し不審（ふしん）に思っているのかもしれない。

だけど余計な心配をかけたくない私は、そんなお母さんの表情には、気づかないふりをした。

２か月もたって自分が友達のひとりもつくれないような子だなんて、お母さんに思われたくない。そんなプライドもあった。

私は気のないそぶりで、スマートフォンをいじりだした。するとお母さんはそれ以上詮索してくる様子もなく、「じゃあお母さん、行ってくるからねー」と言って、家を出た。

ただでさえ忙しいお母さんを困らせたくない。だから、友達のことも、トラ子のことも、言えなかった。

朝学校に行くと、私の席の付近で、クラスの男子がたむろっていた。

「いや、自分でもマジ当てるとは思わなかったわ。俺課金してないのにさ」

「えー、くっそうらやましいわー。俺小遣い全部つぎ込んだのに出なかったぜ」

「なになに？　なにが当たったの？」

「安田が昨日、Ｓレア出したんだってさー」

「えー！　マジかよ！　いいなー」

もちろん私に用があるとか、そういうわけではなく。

会話の内容は男子たちの間ではやっているソーシャルゲームのようだ。たまたま私の席の近くで数人が話を始めたら、盛りあがって人が集まった、という経緯だろう。

べつにゲームの話をするのはかまわないが、このままでは席に着けない。困ったなあ。

　でも、なんて言えばいいのかな。『どいて』なんて言ったら感じ悪いよね。

　『ちょっとごめんねー』なんて、笑顔で言えたらいいんだけど、まったく話したことのない彼らに、笑顔でそんなことを言う勇気なんてない。

　と、私が彼らの近くで無言でたたずんでいると。

「いやー。これでつんでたクエストクリアできそうだわ！」

「はは。……ん、あ、おい」

　男子のうちのひとりが、傍らに立つ私の存在に気づいたようだった。私を見て、はっとしたような顔をしたと思ったら、表情を固める。

　彼の変化に、一同全員が私をちらっと見たあと、逃げるようにその場からそそくさと離(はな)れた。

「あぶね。怒(いか)りのオーラ、ヤバい。怖すぎ」

「殺気ハンパねぇわ」

　小声でそんな会話をしながら。私に聞こえないと思っているのかもしれないけど、残念ながら筒抜(つつぬ)けだ。

　――べつに怒(おこ)ってないし。殺気ってなんなの、もう。

　やっぱり目つき悪いし、見た目が見た目だからなんだろうな……。

　悲しくなりながらも、私はなにも言えず席に着く。

　――すると。

「折原さん、べつに怖くないよー！」

　いつも遅刻寸前に登校してくるのに、珍(めずら)しく私より早く来ていた中井くんが、去った男子たちに聞こえるように大声で言った。
　すると男子たちは気まずそうに笑う。
「な、なんだよー、悠」
「べつに怖がってないし、俺たち」
「えー、でも『殺気』とか『怖すぎ』とか言ってたじゃーん？」
　必死に否定する彼らに、中井くんは無邪気(むじゃき)にたずねる。
「そ、それはゲームの話だから」
「そうだよ。折原さんが怖いとか、言ってないから」
「ふーん。ま、それならいいけどさ」
　いまいち納得がいってないようだが、中井くんはしぶしぶといった様子で折れた。
　だって、あきらかに私のことだったじゃんね、あれ。
　だけど、それにしても。
「なんで、あんなこと」
　私は小声で彼にたずねる。べつに放っておけばいいのに。
　彼にとって私はただの隣の席の女子。そんな私の印象が、どういうふうに思われていようと。
　すると彼は不満そうな顔をしてこう言った。
「んー、だって違うし」
「なにが？」
「折原さんが怖いって、違うでしょ。あいつらなに見てんだよって感じで」
　どうして？
　どうしてそんなふうに思ってくれるのだろう。隣の席だけど、中井くんとはそんなに話したことないのに。
授業中や宿題で、彼のことを数回助けたくらいなのに。
「……ありがとう」
私は小さく言う。顔を見て言えばいいのに、照れくさくて目をそらしてしまった。
なんでそう思うのかも聞きたかったけど、うざいと思われたくなくて、聞かなかった。
「いーえ」
中井くんはどうってことない様子で、のんびりとそう言った。
ほんわかとした嬉しさがこみ上げてきた。
だけど、ここでひとりそんなことを表情に出したら、ますます周囲に怖がられそうな気がしたので、必死に素知らぬ顔をするのだった。

放課後、私はよく図書室に行く。
あっという間に別の世界に連れていってくれる本を読むのは好きだった。
見た目が派手だから、図書室に行くとぎょっとしたような顔をされることもあるけど、それはもう慣れた。
何冊か小説を借りてから、図書室を出て下駄箱へと向かった。靴を履(は)こうとすると、ポケットのスマートフォンが震(ふる)えたので、私は急いで手に取る。
私に連絡(れんらく)をしてくる人間なんてあんまりいない。残念なことに。

だからスマートフォンが反応する度に、私はトラ子の里親に応募がきた通知なのかと、期待してしまうのだ。

しかし、結果は昔登録した雑貨屋からのメルマガだった。私は落胆する。

念のため、トラ子の情報をつぶやいているSNSの様子を見てみたけど、やっぱり希望者はいない。

――はあ。早くいい人にもらわれてくれないかなあ。

そんなことを考えながら、校舎を出て花壇(かだん)の脇(わき)を通る。花壇には、マリーゴールドや名前を知らない紫の花が、咲(さ)き乱れていた。

ここの花壇、いつもよく手入れされているよなあ。先生がやっているのかな。

すると、少し離れたところで両手いっぱいになにかをかかえ、フラフラと歩くジャージ姿の女子が見えた。

荷物のせいで顔は見えないが、小柄(こがら)な彼女ひとりでは多すぎる荷物。足もとがおぼつかず、今にも転んでしまいそうだ。

危ないな。

私が助けにいったところで、拒絶(きょぜつ)されるんじゃないかと一瞬(いっしゅん)思ったけれど、彼女が怪我(けが)をするよりはマシだろう。

私は彼女のそばに駆けよった。

「……持つよ」

「えっ!?　あ……う、うん。助かる」

いきなり現れた私に彼女は一瞬驚いた様子だったが、やはり大変だったようで、すぐ笑顔になってそう言った。

私は彼女の荷物――園芸用の肥料や土だった――を、上から半分取る。
「……花壇まで運べばいいのかな」
「うん、助かります」
一緒に花壇まで運び終えると、彼女は「はぁー、大変だった」と言ってから、私に向かって微笑んだ。
「ありがとう！　本当に助かったー。……折原さん、だよね」
よく見たら、同じクラスの女子だった。セミロングの艶（つや）やかな黒髪に、小さい鼻と口、丸い目がキュートな顔立ち。名前はえーと、たしか……。
「いや、横田（よこた）さん転びそうだったから」
私がそう言うと、「ちょっとずつ運べばよかったのに、面倒で一気に持ってきちゃったのがまずかったねー」と、にこやかに彼女は言った。
よかった、名前は合っていたみたい。
横田さんも普段（ふだん）は私のことをビビっているのかもしれない。でも、私に助けられた直後だからか、そんな雰囲気（ふんいき）はなかった。
それ以上なにを言ったらいいかわからず、私は目に入った花壇を見て、とりあえず感想を言った。
「花、綺麗だね」
手入れがよく行き届いていて、整然と並んだ花たちは、楽しそうに咲き乱れているように見えた。
すると横田さんは、とても嬉しそうに微笑んだ。
「ほんと!?　嬉しい！　私園芸部なんだけど、私のほかの部員はとくに活動しなくていいと思って入ってる人が多くてさー。ひとりでここまで育てるの、大変だったよー」
「ひとりでやってるの？　すごい……」
　率直にそう思った。花壇は３メートル四方くらいはあって、結構広い。しかしスペースを無駄にすることなく、さまざまな種類の花が美しく咲いているのだ。
「えへへ、がんばりました」
「あの紫の花は、なんていうの？」
「あ、あれはアガパンサスっていうの。結婚式(けっこんしき)のブーケとかにもよく使われる花なの。綺麗だよね！」
「へえ……」
「花言葉は、恋の訪れとかラブレターとかで。かわいらしい花なんだよ。紫のほかに、白とかピンクもあるけど、紫がいちばん綺麗かなあ。今度ドライフラワーにして飾りたいと思ってるんだ」
　すごく饒舌(じょうぜつ)に花について語りだすので、私は目をぱちくりさせてしまった。
　すると横田さんは、はっとしたような顔をすると、おそるおそる私にこうたずねた。
「ご、ごめん。こんな話つまんないよね。花の話なんて誰も聞いてくれないから、つい……」
　私は慌てて首を横に振る。
「ううん、ちょっとびっくりしただけ。つまんなくないよ。花、好きだから」
　詳(くわ)しいことは知らないけど、花が好きなのは本当だ。美しい花は、見ているだけでこちらも華(はな)やかな気持ちにさせられる。

動物とか植物とか、自然のものが私は昔から好きなのだ。

すると横田さんは目を輝(かがや)かせた。

「ほんと!? なんか嬉しいなあ」

「うん、いつもここの花綺麗だなって思ってたんだ」

「やった! これからもがんばろ!」

うきうきした調子で横田さんが言う。自然と私の顔もほころんでしまった。

すると横田さんが、私の顔を見てちょっと言いづらそうに口を開いた。

「ごめん、私折原さんのことよく知らなかったんだけど、ちょっと怖い人なんだと思ってた……」

「ああ。まあ、いつもひとりでいるし、こんな見た目じゃねえ。全部生まれつきなんだけどさ」

私は苦笑を浮かべて自分の栗色の髪を触(さわ)る。すると横田さんはかなり驚いた様子の面持ちになった。

「え! そうなの!? そういえば目鼻立ちもはっきりしてるけど、もしかしてクオーターとか?」

「ううん。秋田県出身のお母さんがそういう遺伝子を持っているみたいでさ。日本人なんだけど、東北の方には少しいるみたい」

「そ、そうだったのー!? 私はてっきり髪を染めて、カラコン入れてるのかと……」

「あはは。みんなそう言ってるよね。ヤンキーだと思われてるだろうなあ」

「あー……そう、だと思う……」

やっぱりそうだったか。わかっていたけどね。

言いづらそうに、しかし正直に言う横田さんが、なんだかおもしろかった。

「でも、本当は全然怖い人じゃなかった！　私の話も聞いてくれるし……ダメだね、噂で判断しちゃ。怖いどころか、すごく優しい」

「え……ありがとう」

はっきり言われ、私は照れてしまう。思わず目をそらしてお礼を言う。

「ちなみに噂ってどんなの？」

「えーとね……地元では女番長だとか、暴走族のヘッドの彼女で、手下を顎で使ってるだとか——」

「はあ!?　ば、番長って……いつの時代の話なの!?」

なんていう根も葉もない噂だ。人の思い込みとはおそろしい。

「あはは。よく考えたら、そうだよねえ」

横田さんがおかしそうに笑ったので、私もつられて笑ってしまった。

すると、横田さんは私に柔らかい微笑みを向けて、こう言った。

「私、放課後だいたい花壇の手入れしてるんだ。また、話しにきてくれたら嬉しいな！」

自分が受け入れられたことに、嬉しさがこみ上げてきた。

「え、いいの？」
「もちろん！　むしろいつも孤独に作業してる寂しい子だからさあ。来てよ〜！」
「……うん」
　私は微笑んでうなずく。この学校に入学してから、初めて心から笑顔になれた気がした。
　そのあと、少しだけ雑草を抜く作業を手伝ってから、私はトラ子の様子を見にいくために、横田さんと別れた。
　味気なかった学校生活に、一輪の花が咲いた気がした。

　学校を出ると、トラ子のいる公園へとまっすぐに向かう。
　横田さんの手伝いをしたため、いつもより遅くなってしまった。トラ子、お腹すかせてないかな。
「トラ子ー！」
　どうやら木登りをしていたらしい。名前を呼ぶと、近くの木の上からガサガサと音がしたかと思うと、幹沿いに華麗な動作でトラ子は降りてきた。
　そしていつもと同じように、紙皿にご飯をのせる。今さっきコンビニで買ってきたチーズと、家から持ってきたツナ缶だ。
　うにゃうにゃ言いながら食べるトラ子。やけにかわいらしくて、私はしゃがんで背中をなでる。トラ子はおかまいなしに、ご飯をがっついていた。
「あれ、あんた大きくなったね」
　毎日見ていたからあまり気づかなかった。４月は手のひらにのるくらい小さかったのに、今は片手で持ちあげるのも少し難しいだろう。
「元気に成長しているみたいでよかったよ」
　猫からの返事はない。まあ、そりゃそうだ。だって猫なんだし。
　だけど、4月に“ぼっち”が確定した私と、母猫とはぐれてしまったトラ子は、友人……というか、戦友というか、同志に近いような気がして。
　だからトラ子の成長は、自分のことのように嬉しいのだ。
「人間用のツナ缶は塩分が濃いからやめた方がいいよ。チーズもね」
「ひぇっ!?」
　トラ子の背中を眺めていたら、傍らからいきなり声が聞こえてきたので、私は死ぬほど驚いて変な声をあげてしまった。
　声の主は、かがんで楽しそうにトラ子を眺めていた。私はその人物の登場に、ますます驚いてしまう。
「な、中井くん……!?　どうしてここに……」
「さあ、どうしてでしょうか」
　ひょうひょうとした様子で言う。唖然としている私にはかまわず、中井くんはご飯を食べているトラ子の背中をなでた。
「俺が折原さんのストーカーだから、あとをつけてきた」
「え!?」
「なーんて言ったらどうする？」

「……え、あの、そ、それは」
　わけのわからない冗談に、うまい返しができない。すると中井くんは、くくっと小さく笑った。
「この公園俺んちの近くでさ。実は最近何度か折原さんがいるのを見かけたんだよね。で、今日も通りがかった時に姿が見えたから、なにしてんのかと思って。そしたら猫の世話をしてるとはねー」
「……意外？」
　みんなにビビられてる私が猫の世話をしてることが、そんなに意外なのだろうか。
「全然。だって優しいって知ってたし、折原さんのこと」
　先日の古文の時間のことを思い出す。あんな、少し助けたくらいで。まあ、その前にも何度か似たような場面で軽く救ったことはあったが。
　べつに優しいと言われるほど、たいしたことをしているとは思えなかった。
　だけど今日も中井くんは男子たちに『怖くないよ』って言ってくれた。どうして彼は私のことをそう思ってくれるのだろう。
「そんなこと、ないよ」
「そうかなあー、猫にあんなふうに話しかけられるなんて、冷たい人間にはできないと思うけどね」
「なっ……聞いてたの……!?」
「うん。『大きくなったね』とか『成長しているみたいでよかったよ』とか、楽しそうに話してたよねー」

「…………」
　ニヤニヤしながら言われて、私はうつむいて黙ってしまう。恥（は）ずかしすぎる。穴があったら入りたい。
「でもさ、さっきも言ったけど、猫には猫用のご飯をあげた方がいいよ。チーズとか、ツナ缶とか、塩分が多すぎて、あんまりよくないんだよ」
　中井くんが真面目な口調で説明しだした。私にとっては、とても意外な内容だった。
「——そうなんだ」
　まったく知らなかった。猫のことは好きだけど、飼ったことはないから生態については詳しくなかった。
　魚と牛乳が好き、という漫画やアニメに出てくる猫が好きなものを、なにも考えずに与えていた。
「牛乳もダメなんだよ。下痢（げり）をしちゃうかもしれないから」
「ええ!?　そうなんだ……どうしよう、今まであげちゃってた……」
　喜んで飲むから、よく与えてしまっていた。今まで私の知らないところで、トラ子は下痢をしていたのかな？
「あ、それならこの猫は牛乳に耐性（たいせい）がある猫なのかも」
「耐性？」
「人間でもいるでしょ、牛乳飲むとお腹下しちゃう人。猫も一緒で、平気な子と大丈夫（だいじょうぶ）な子がいるらしいよ」
「へえ……」
「まあ、それでも多くはあげない方がいいかなー」
　ご飯を食べ終わったトラ子の喉（のど）をなでる中井くん。トラ子は気持ちよさそうに目を細め、ゴロゴロと喉を鳴らし始めた。

中井くんは猫の扱いに慣れている様子だった。ご飯のことも、詳しいし。

そしてなぜかよくわからないけれど、教室にいる時よりも自然体で会話をすることができた。私を怖がっている人間がここには存在しないからかもしれない。

「詳しいんだね。猫のこと」

「昔飼ってたからねー。死んじゃったけど」

「そ、そうだったんだ。ごめん」

「いや、すごく前の話だし、べつにいいけど。まあ、そんなわけで猫は好きなんだ」

そう言った中井くんの手は、今度はトラ子の尻尾（しっぽ）のつけ根あたりをなでていた。

トラ子はごろんと横たわり、『もっとなでてー』というような機嫌のよさそうな顔をしていた。

本当に、猫のことをよく知っているんだなあ。

中井くんになら、トラ子のことを相談できるかも。

「あのね、中井くん」

「ん？」

「実は……」

私はトラ子の里親を募集しているけれど、なかなか見つからなくて困っていることを説明した。

——すると。

「なるほどねー。じゃあ俺も当たってみるよ。友達で飼えそうなやつに聞いてみる」
「ほんと!?」
クラスの中心人物である中井くんは、友達も多いだろう。
“ぼっち”の私なんかよりもネットワークが充実しているはずだ。
人望がありそうな彼なら、すぐにもらい手を見つけてくれるような気がした。
「っていうか、俺んちで飼えないかも聞いてみるよ。昔飼ってたから、家族みんな猫好きだし」
さらに希望が膨(ふく)らむようなことを言ってくれる。
――中井くん。授業中寝てばっかりで宿題もやってこないような、不真面目で軽そうな人だと思っていたけど。
「中井くん、神……?」
「えっ?」
「いや、2か月も悩んでて、どうしようと思ってたのに、一気に解決しそうで。もう、神としか言えないよっ……」
私が神妙(しんみょう)にそう言うと、中井くんは噴(ふ)き出した。笑われるとは思ってなくて、私はとまどう。
「あはは！　なにそれー！　俺は普通の男子高校生ですよ」
「わ、私にとっては神なんだもん……」
「いやー、折原さんおもしろいわ。意外な発見。なんか得した気分だ」
「はあ……」
なにが得なのか全然わからなくて、私はあいまいに返事をする。

「まあ、とにかくそんなわけで。とりあえずうちで飼えないか聞いてみるからさ。待っててよ」
「うん……！」
心底嬉しくなり、私はうなずく。そして、相変わらず中井くんの目の前でお腹を出してひっくり返っているトラ子の腹毛をわしゃわしゃとなでる。
「よかったね！　トラ子！」
トラ子と喜びを共有しようと思ったのに触りどころが悪かったらしく、ガブリと噛まれてしまった。そんなに痛くはなかったけど。
ダメだこりゃ。私は猫の扱いにまだそこまで慣れていない。好きなのに。
「あははっ！　めっちゃ噛まれてるしー！　ウケるー」
中井くんには大爆笑され、私は苦笑いすることしかできなかった。

次の日学校へ行き、教室に入ると、扉(とびら)近くで友人と談笑している横田さんと鉢合わせした。
「あ……」
昨日、彼女とは少し仲よくなれた気がしたけど、ほかの友達、それもたぶん私を怖がっている人たちと一緒だったので、挨拶に躊躇(ちゅうちょ)してしまった。
——すると。
「おはよー！　折原さん」
私のそんな様子には気づかなかったようで、横田さんは満面の笑みで挨拶してくれた。
「あ……おはよ」
　私ははにかみながら、笑みを作って挨拶を返す。笑顔がぎこちなくなってしまった気がした。
　横田さんは笑みを浮かべたままうなずくと、友人たちと話の続きを始めた。私はそれをすり抜けるように、自分の席へと向かう。
「……詩織(しおり)。折原さんと仲いいの？　あの人ちょっと、怖くない？」
　すれ違いざま、友人に横田さんが小声でそうたずねられていた。私に聞こえてないと思っているようだが、残念ながら聞こえてしまっている。
「……と、思ったあなた。損(そん)してるよ。折原さんはめっちゃくっちゃいい人です！」
　間髪をいれずに横田さんがそう答えた——いや、答えてくれた。
　嬉しくて、顔がほころびそうになってしまう。でもひとりでニヤけているところを見られたら、変なやつのレッテルを貼(は)られること間違いなし。私は唇(くちびる)を噛んで堪(こら)えた。
　席に着くと、今日はすでに中井くんがいた。昨日に引き続き、珍しい光景だ。
　いつもギリギリに来るか、来ていたとしても友人としゃべっていて席にいないことが多いのに。
　彼は私が来たことに気づくと、なぜかきまり悪そうな顔をした。

「おはよー、折原さん。あのさー、トラ子のことなんだけど」
　私が挨拶を返す前に、続けてトラ子のことを話しだす中井くん。
　なにか進展があったのだろうか。席に着いた私は、彼の方に少し身を乗り出した。
「うん、どうだった……!?」
「それが……ごめん。うちさ、昔猫飼ってて死んじゃったって話したじゃん」
「うん」
「その時、親父がすごく悲しかったらしくて。あんな思いは二度としたくないから、もう飼いたくないって言われちゃったんだよね」
「え……」
　想像していなかった展開に、私はひどく落胆する。昨日の調子だと、十中八九中井くんの家がトラ子を引き取ってくれると思っていたからだ。
「ごめんねー。期待させたくせに、こんな結果になってさ」
　申し訳なさそうに中井くんが言う。謝る必要はない。結果がどうあれ、協力してくれて嬉しかった——けれど。
「べつにいいよ」
　トラ子のもらい手探しが振り出しに戻ったショックから、私は暗い声で言ってしまった。
　なんで相手に気を使わせるような態度をとってしまうんだろう。まったく私というやつは。
　だけどそんな私にも、中井くんはいつものように気にした様子は見せなかった。

私のことを、もうそういうやつだと思ってくれているのかもしれない。そうだったら、ありがたいなあ。

「まあ、友達に当たってみるし、親父のこともうちょっと説得してみるからさ。俺もトラ子を飼いたいしね」

「……ありがとう」

今度は微笑んで、お礼が言えた。人見知りの私だけれど、中井くんと話すのは、ほかの人よりも少し楽になった気がする。

昨日悩みを共有できたおかげかもしれない。

「お安いご用っすよー。ってか、トラ子の里親、俺も早く見つかってほしいし」

中井くんが無邪気に微笑んで、軽い口調で言った。自分がそうしたいから、そうしている。私が重く捉(とら)えないように、そう言っている気がした。

そして彼の澄(す)んだ瞳が、私を捉えながらそんなことを言うもんだから。

一瞬胸が高鳴った。

うわ。なんだこれ。なに私、ときめいているんだろう。

嫌な想像がよぎったけれど、一般(いっぱん)的に見てイケメンの部類に入る中井くんに見つめられたら、恋心なんてなかったとしても、誰でもドキドキしてしまうのではないだろうか。

うん、きっとそうだ。

私はなかば無理やり、自分をそう納得させた。

「わ、やった。ゴロゴロ言って寝っ転がったよ」
「ね、猫は首の下と尻尾のつけ根をなでられるのが好きなんだよ」
6月中旬になり、梅雨真っただ中だけど、だんだんと蒸(む)し暑くなってきていた。
トラ子がすみかにしている公園には、ちょっとした林がある。梅雨の晴れ間である今日は、その木々たちからみずみずしい空気が流れてきていた。
中井くんと初めて公園で出会ってから数日。
彼は放課後、猫用のおやつを持って私と一緒に公園へ通ってくれるようになっていた。
もちろん毎日ではない。友達が多いようだし、ほかにもいろいろと約束があるのだろうから当然だ。
それだけに、人気者の彼がよくこんな地味なことに付き合ってくれるよなあと思う。
あ、単純に猫が好きだからかな。
「折原さん、だいぶ猫の扱い慣れたねー」
「うん、中井くんが教えてくれたから」
尻尾やお腹を触るのはご法度(はっと)。なでるなら背中や首筋。尻尾のつけ根はとくに喜ぶことが多い。
猫に詳しい中井くん直伝のお触りポイントを守っていたら、前はご飯を食べるだけで素っ気なかったトラ子が、ゴロゴロと喉を鳴らしたり、お腹を見せて転がったりするようになってくれた。
それでも、気まぐれなトラ子は突然ぷいっとそっぽを向いて、離れてしまうこともあるけどね。
　それはそれで、つかみどころがなくて、なんとも魅力(みりょく)的だった。
「かわいいなあ……」
　トラ子は背中には虎のような縞模様があるけど、お腹は白い。真っ白なお腹の毛がぽわぽわしていて、なんとも愛らしくて私は思わずつぶやいた。
　すると、中井くんはふふっと笑ってこう言った。
「折原さんって、猫っぽいよね」
「え、え!?」
　自分で『かわいいなあ』と言った直後に似ていると言われて、私はドキリとした。
　一瞬、自分のことをかわいいと言われている気がして。
　いやいや、そんなはずないよね。かわいいなんて私の対極に位置する言葉だ。
「ど、どこが？」
「んー、なんか一見ツンとしてるように見えるんだけど、話すとそうでもないところ？　なついてくれた猫みたい」
「なついた猫……」
　たしかに。わたしは中井くんと会話をする時は、いっさい緊張しなくなった。なにも考えずに、自然体で話すことができる。
　私、中井くんに——なついてるね。
　なんて思ったけど、そんなことは恥ずかしすぎてもちろん言えない。

「そ、そうかな？」

「うん。クラスのみんなとも、もっと話せばいいのに。すぐ仲よくなれんのにさー。もったいな」

　中井くんとは教室でもそれなりに話せるようになったし、横田さんとも花壇では楽しく過ごすことができるようになってきていた。

　今日も、種まきの作業を横田さんと一緒にやってから、この公園に来た。

　だけど、相変わらずほかのクラスメイトとは、打ち解けることができていなかった。

　前提として、みんな私のことを怖がっているから。だからどうしても会話をすることに腰が引けてしまう。

「……そんなことないよ。それにもうみんな、仲いい子のグループできちゃってるし。今のままでもそんなに不自由してないしね」

　苦笑を浮かべて私は言う。すると中井くんは、困ったような顔をした。

「えー、でもさ。寂しくない？」

　──寂しいよ。

　言ってしまいそうになった。だけどそんなことを中井くんに言ったところで、どうしようもない。私はギリギリのところで、堪えた。

「……心配してくれて、ありがと。でもひとりでいるのも嫌いじゃないんだ。慣れたしね、もう」

「そう？　ちょっと話せば、絶対すぐ仲よくなれると思うんだけどなー。ほんとにもったいなくてさー」
　中井くんならね。簡単にできるかもしれないけど。
　みんなに避けられてる私には、「ちょっと話す」ことだってエベレストのようにハードルが高いんだよ。
　そう思ったけど、まっすぐな彼には正直に言えなくて。こんな卑屈でうしろ向きな考え方をしているなんて、知られたくないから。
「心配ご無用です」
　私はぎこちなく笑って、そう言うことしかできなかった。中井くんは納得していないようだったけど、それ以上はなにも言ってこなかった。

　しかし次の日から、以前よりも中井くんが私に話しかける頻度が多くなった気がした。
　トラ子のことはもちろん、私の趣味や家族構成、高校に入る前のことなど、そんなこと聞いてどうするんだろう？と思うようなことまで、彼はたずねてきた。
　なんでそんなことを聞くのか少し気になったけれど、中井くんと話すのは楽しくて、話題なんてなんでもよかった。ついつい授業中に盛りあがってしまい、先生に怒られてしまうこともあった。
　もしかして、私が“ぼっち”でいることを気にしてくれているのかな？なんて思ったけれど。
　きっと、うぬぼれだよね……と、私は自分の中で生まれた淡い期待が膨らまないように、セーブするのだった。

ストーカーの愛の告白

中井くんにトラ子のことを相談してから１週間たったが、放課後私がトラ子の様子を見にいくのを、彼は度々付き合ってくれている。

しかし、彼が朝のトラ子との触れあいにくることはなかった。

寝起きが非常に悪く、朝は苦手らしい。授業中もよく寝てるもんね。ロングスリーパーなんだろう。

また、私は中井くんがトラ子の様子を見にいけない放課後は、花壇の手入れをしている横田さんのもとへと、よく顔を出しにいった。

横田さんに教えられながら、花の苗(なえ)を植えたり、株分けの作業をしたりするのは、楽しかった。

うまく育たないこともあるようだが、世話した分だけ綺麗さが増していく花を眺めるのは、充実感があった。

いつの間にか、横田さんとは詩織、桜と呼び合う仲になっていた。

まあ、以前の終始"ぼっち"だった学校生活よりは、楽しくなった……かな？　教室では、中井くんも横田さんもほかに友達がいるので、私はひとりでいることが多かったけれど。

それでも、放課後にはなんとか楽しいと思える時間もできた。

今日は朝から少し体調が悪かった。

昨夜遅くまで、SNSで飼い主になってくれそうな人がいないかチェックしたり、里親の探し方を調べたりしていたせいかもしれない。収穫はなにもなかったけれど。

2時間目まではなんとか耐えたものの、3時間目の体育は厳しそうだ。今日の授業内容は、たしか体育館でバレーボールをする予定だし。こんなフラフラの状態じゃ無理だ。

なので、2時間目が終わってから私は保健室に向かった。

「とりあえず、3時間目は寝させてください。寝て治らなかったら、早退します」

養護教諭にそう告げ、私はベッドに滑り込む。すると私はすぐに深い眠りに入った――。

肩を軽くたたかれ、目を覚ました。養護教諭が、寝そべる私の顔を覗き込む。

「具合、どう？」

寝ぼけ眼をこすりながら、上半身を起こす。先ほどまで重かった頭が、すっきり軽くなっていた。どうやら、ただの睡眠不足だったらしい。

「あ、大丈夫っぽいです」

「そう？　よかったわ。もうすぐ4時間目が始まるけど、戻れそうかしら」

あ、もうそんなにたっていたんだ。私、丸1時間も寝ていたのか。

でもこの調子なら、4時間目からは、通常どおり授業を受けられそうだ。

「戻れます。ありがとうございました」

　養護教諭にそう言うと、教室へとのんびり戻る。次はなんだったっけ。あ、英語か。ヤバい、単語のテストあったような。勉強してなかったなあ……。

　などと考えながら教室へ入ると、やたらとざわついていたので、私は入ってすぐに足を止めた。

「ないんだよ！　本当に」

「えー、じゃあ泥棒(どろぼう)が入ったってこと……？」

「ほかに盗(ぬす)まれてる子、いない？」

　なんだか物騒(ぶっそう)な単語が聞こえてくる。胸がざわざわして、落ち着かない。

「……なにかあったの？」

　私は思わず、近くにいた女子に話しかけた。

　彼女は私が話しかけてくるとは思っていなかったようで、一瞬身構えた。

　いやいや、私だって日本語話せるんですが。なんだと思っているんだろ、いったい。

「あ……安田くんの財布(さいふ)がなくなっちゃったらしくて。泥棒が入ったんじゃないのか、ってみんなで話していたところ、です……」

　なぜか敬語で話してくるクラスメイト。やっぱり相当ビビられている。まあ、もう慣れたけれど。

　しかし本当に泥棒が入ったんだとしたら、物騒な話だ。私は自分の席へと行き、通学リュックの中身を確認する。

　あ、よかった。私の財布はあった。

　――と、安堵していると、犯人探しが始まった。

「盗んだとしたら、３時間目いなかったやつじゃない？」

「でもみんな体育で、体育館にいたでしょ。女子はバレーボール、男子はバスケで」

「じゃあクラス外のやつの犯行か」

「——ちょっと待って。体育、出ていない人いるんじゃない？」

　私にとって、雲行きが怪しくなる誰かの発言。その瞬間、嫌な予感がした。

　案の定、ターゲットが私になるのに、そう時間はかからなかった。

「たしか折原さん、さっきの体育の時間、いなかったよね？」

「え。じゃあ折原さんが……？」

「あー……なんか、やっぱりって感じ……」

　周囲の冷たい視線が私に突きささる。まるで針のむしろだ。私はなにも言えず、震えそうになる体を必死で落ち着かせようとする。

　詩織が不安そうな顔をして、私の方を見ていた。一瞬、疑われているんだろうかと邪推（じゃすい）してしまう。

　しかし、友達になにか言われた詩織が、「違うよ！　桜はそんなことしないから！」と強く主張しているのが聞こえてきて、彼女を疑ってしまったことを申し訳なく思った。

　同時に、信じてくれて嬉しくもあった。

　——しかし。

「え、折原さんが……？　あの、えっと……」

　安田くんがおっかなびっくりといった様子で私を見なが

ら、口をモゴモゴさせている。きっと、リュックの中を見せてほしいのだろう。私のことが怖いからか、はっきりとは言えないようだけど。

もちろん私は彼の財布なんて盗んでいないから、通学リュックの中を見せれば簡単に疑いが晴れるだろう。

しかし、私のリュックの中には、トラ子にあげるための猫用のおやつがぎっしりと入っている。

それをクラスのみんなに見られたらバカにされそうな気がした。友達がいないから、猫を相手にするしかない、寂しいやつだって思われてしまうんじゃないかって。

だけど、泥棒扱いされるよりははるかにマシだろう。

「私じゃないよ」

リュックの中身がみんなに見えるよう、私はファスナーを大きく開けてみせた。

リュックの中には、勉強道具と化粧ポーチ、それと猫用の缶詰(かんづめ)と、ドライフードの袋。両方ともかわいい猫の写真がパッケージに印刷されているので、ひと目で猫用のご飯とわかる。

「なんだ、折原さん違うみたいじゃん」

「でもなんで猫の餌入ってんの？」

財布盗難(とうなん)の犯人の疑いは一瞬で晴れたようだが、やはり猫用のご飯が入っていたことをみんなは不思議に思っているようだった。

「え、なになに、なんの騒(さわ)ぎー？　なんかみんな怖いんですけど」

　教室に明るい声が響いた。中井くんの声だった。彼は少し遅れて教室に戻ってきたのだ。
「安田の財布がなくなってさ。それで、体育に出てなかった折原さんが盗ったんじゃないかって流れで」
「はあ？」
「あ、でも折原さんのリュックの中には安田の財布はなかったから、違うみたい。だけど——」
　遠目に私を見ていた男子から説明を聞いていた中井くんだったけど、話の途中で私の方に近寄ってきた。そして私のリュックの中の猫のご飯を見て、くすっと笑う。
「ああ、なんで折原さんがこんなに猫のご飯を持ってるんだろって？」
「えっと、これはですね……」
　私は説明しようとしたけれど、捨てられた猫に毎日ご飯をやっていますなんて、なんだか恥ずかしくて言いよどんでしまう。
　——すると。
「折原さん優しいからさー。野良猫を放っておけなくて、毎日なけなしの小遣いをはたいてご飯をあげてるんだよ。そんな人が財布なんて盗むわけないじゃんか。この人はそんなことしないよ」
「ちょっとお！」
　みなまで言われて、私は非難の眼差(まなざ)しを彼に向ける。
「え、なんでそんなに知られたくないの？　べつによくね？悪いことしてるわけじゃないんだから」

あっけらかんと中井くんは言う。

そりゃ、中井くんのキャラなら大丈夫だろうけど。私みたいな怖がられているヤンキー女子が猫にそんなことをしているなんて、裏でバカにされそうじゃない……。

と、思ったけれど、周囲は思ってもみない反応をした。

「へー、折原さんってそういう人なんだ。ちょっと意外」

「猫の世話するなんて、優しいんだね。もっと怖い人かと思ってたー」

「犯人じゃないっぽいしね。中井くんが違うって言うんなら、確実でしょ」

みんなの私に対するとまどいを、中井くんは一瞬で払拭してしまった。あっさりと状況が変わってしまったことに、私は目をぱちくりとさせる。

「じゃあいったい誰が……」

安田くんがぼうぜんとしながらつぶやくと、中井くんがジト目で彼を眺めて、こう言った。

「そもそも本当に盗まれたのかよー？　家に忘れてきたとか、そういうオチじゃねーの？」

「なっ……そんなはずは……。あれ、ちょっと待って」

スマートフォンになんらかの通知がきたらしく、安田くんが画面をタップする。すると彼の顔が、どんどんこわばっていった。

——そして。

「ご……ごめん！　折原さん！　本当にごめん！」

頭を何回も大きく下げる安田くん。あまりの勢いに、私はあとずさってしまう。
「どういうこと……？」
「かーちゃんから、『あんた家に財布忘れてるけど大丈夫なの？』ってメッセージがきたんだ……」
「え……」
「本当にごめん！　俺の勘(かん)ちがいだった！　本当に申し訳ない！」
　なんだ。そうだったのか。
「よかったねー、財布あって」
　疑いが晴れてひと安心、その上泥棒など存在しなかったことが嬉しくて、私は微笑んでしまう。
「え、怒ってないの……？　折原さん」
　すると、なぜかさも不思議そうな顔をする安田くん。
「いいよべつに。まあ、私ヤンキーだと思われてるらしいし。疑いたくもなるよね……」
　私を疑ったことを安田くんには気にしてほしくなくて、軽い口調で言った。
「……なんか折原さんって全然イメージと違うなあ」
「ってか、めっちゃいい人じゃね？」
「誰だよ、女番長とか言いだしたやつ」
　すると、なぜかみんなが口々に私を受け入れてくれるようなことを言う。え、なんでだろう、急に。
「折原さん……！　ありがとう！」
　そして安田くんは、感激した様子でそう言った。私は少し首をかしげながらも、「う、うん」とうなずく。

詩織とは偶然目が合い、ウィンクをされた。よかったね、と言われている気がした。

「ね、少し話せばさ。大丈夫だったでしょ」

するど中井くんは、少し得意げに言った。

『ちょっと話せば、絶対すぐ仲よくなれると思うんだけどなー』

中井くんにトラ子のことを相談したばかりの時に、言われたことを思い出す。

——本当だ。

自分でもびっくりするくらい、大丈夫だった。

よく考えたら、私だって野良猫の面倒を見ているという人を見たら、その人に対していい印象しか抱かないかも。

たとえ見た目がどうであれ。

クラスで孤立している期間が長かったせいで、私も周囲を疑いすぎていたのかもしれない。

「ほんと。びっくりするくらい、大丈夫だった」

私は破顔した。中井くんは、なぜか嬉しそうに「うん、うん」と数回うなずいた。

その後、さっきまで疑っていたことをクラスみんなに謝られて、私は恐縮してしまった。本当に気にしていないから、そちらも気にしないでほしいんだけどな。

そしてそのあと、クラスメイトのみんなが私によそよそしい態度をとらなくなり、気軽に話しかけてくれるようになったことが、なによりも嬉しかった。

「桜ー！　今日は窓ぎわで食べよー！」
　昼休みになってすぐ、窓側の方の席が向かいあわせになるようにセッティングしながら、詩織が大声で私を呼んだ。
「うん」
　私はリュックからお母さん手づくりのお弁当を取り出すと、小走りで詩織の方へと向かう。
　——泥棒濡れ衣事件が起こったあと。
　クラスのみんなに以前よりなじめた私は、あまりひとりでいることはなくなった。
　とくに詩織とその友達とは、急速に仲よくなり、気の置けない付き合いができるようになったと思う。
　昼休みも、今みたいにお昼を一緒に食べるのが習慣になりつつある。
　詩織の話によると、もっと前から一緒に過ごしたかったらしいが、私が昼休みが始まるとすぐにどっかに行ってしまうので、声をかけるタイミングがなかったらしい。
　チャイムと同時に速攻で人気のない中庭の隅に行って、昼休み中過ごしていたからなあ。
　そうして今、みんなとお昼休みを過ごすようになって一週間あまり。
「桜っち、この前借りた本、ヤバいおもしろさだったー！　ありがと」
　席に着いてお弁当を食べ始めると、詩織と中学生の頃から友達の、加奈ちゃんが言った。
　本日のお弁当メンバーは、私のほかに詩織と加奈ちゃん。

　これ以外に、運動部の子たちが何人か加わることも多かったけど、彼女らはなにかと忙しいので、帰宅部の私、園芸部の詩織、文芸部の加奈ちゃんが固定メンバーだった。
「ほんと？　独特の言いまわしとかあるから、好みが分かれる作家なんだけどね。はまる人はすごくはまるんだ！　加奈ちゃんの好みだったんだー」
「うん。もう終盤の展開が胸熱だった……！　この人の別の作品って、ある？」
「あ、私いくつか持ってるよ。貸すよー」
「マジっすか！　ヤバい、楽しみー」
　加奈ちゃんは文芸部ということもあってか、読書が趣味だった。私もよく本を読むので、最近読んだ本について話してみたら、思いのほか盛りあがった。
　ちなみに加奈ちゃんは、私のことを怖いとは思っていなかったらしい。いつも本ばっかり読んでいるから、あまり周りが気にならないとか。
　なんだ。じゃあもっと早く仲よくなればよかった。
「あ、そうだ。そんな読書好きなふたりにプレゼントでーす」
　にこにこしながら言う詩織が取り出したのは、平たくなった花が透明(とうめい)の薄(うす)いプレートに挟(はさ)まれた縦長の物体。上部には、紐も取りつけられている。
「これって、本に挟むしおり……？」
　私がそうたずねると、詩織は少し得意そうな顔をする。
「そうそう！　ふたりとも本をよく読んでるから、いいかなって。カスミソウを押(お)し花にしてみました！」

「えー、めっちゃかわいいじゃないっすか！　もらっていいのー？」
　しおりを手に取り、目を輝かせて加奈ちゃんが言う。
「いいよ、ってかふたりにあげるために作ったんだからさあ。もらってくんなきゃ涙（なみだ）が出ちゃうわ」
　私もしおりをじっと見ていた。小さなカスミソウの花が、綺麗にプレスされていて、とてもキュートだ。
「――嬉しい。ほんとに。すごく。家宝にしたいレベルだよ」
「そんな大げさだなあ、桜は。べつに作るのは簡単だし、いくらでもあげるよ！　詩織だけにしおりをね」
「あはは」
　詩織のはなった冗談に笑う私だったが、本当に心から嬉しかった。高校に入って、初めて友達にプレゼントされたもの。しかも、私の趣味に合わせて。
　――大げさなんかじゃないんだよ。大事にするよ。本当にありがとう。
　私は心の中で、詩織に対して深くお礼を言う。
　――加奈ちゃんとは、好きな本の話をして、詩織とは綺麗な花の手入れをする。そんな毎日。
　面倒だった高校生活が、毎日充実したものになってきていた。

　中井くんは、相変わらずトラ子の里親探しやお世話に協力してくれていた。
「昨日、猫が飼いたいって昔言ってた中学の時の友達に聞いてみたんだけどさ。ダメだった。最近、近所で生まれた仔猫をもらったばっかりなんだって。タイミング悪すぎじゃね、もう」

中井くんが里親探しに協力してくれて数週間が過ぎたある日。

休み時間に、中井くんが申し訳なさそうに話してきた。

「そっかあ、残念」

「ほんとにね……。まあ、俺もまた親父を説得してみるから。なんとなくだけど、もうちょっとで折れてくれる気がすんだよね」

「そうなの？」

すると中井くんは、悪戯(いたずら)っぽくニヤリと笑う。

「トラ子の写真を親父に見せてるんだ。最初は嫌がられたけど、基本猫好きだからさあ、俺の親父。無理やり見せ続けたら、かわいいなあって言うようになって、昨日なんて『今日は写真撮(と)らなかったのか』って聞いてきたんだよ？」

「へえ！」

なかなかいい展開だ。もう少し押せば、写真から情がわいて、トラ子を引き取ってくれるかもしれない。

そして私は、「ありがとう、いろいろやってくれて」と言おうと、口を開きかけた。

──が、その時。

「やっほー！　悠ー！　今度の休み、同中のみんなで遊びにいかなーい？」

急に、どこからともなく、私の知らない女の子がやってきて、中井くんの肩をたたいた。
　たぶん、違うクラスの子だろう。さすがに私でも、同じクラスの女子の顔くらい覚えている。
「おー、いいね。行く行く。どこ行くん？」
「んー、カラオケかボーリングかなって話してたけど」
「俺ボーリングがいいなあー。体動かしたい」
「運動神経えげつないくらいいいもんね、悠は」
　楽しそうに、女の子と話しだす中井くん。会話の調子と、中井くんを「悠」と呼んでいることから、結構親しい仲なのだろう。
　中井くんの周りには、人がよく集まる。いつも誰にでも分け隔(へだ)てない明るい態度で接する中井くんは、怒ることなんてあるんだろうか？と思えるほどのおだやかな性格。そして整った容姿。人気がないわけがない。
　自分とは別世界の人間のようで、こんな場面を見てしまうと、私は小さくなってしまう。
　私は中井くんとの会話が途切れてしまったことなど、まるでなかったかのように、次の授業の準備を始める。
　女の子と楽しそうに話す中井くんは、そんな私の機微(きび)になど、気づいていないようだし。
　まあ、人気者の彼だから。私ばっかりにかまっている暇なんて、ないのだ。
　あれ。
　最近、こんな場面に遭遇(そうぐう)すると、決まって胸がチクチクするような気がする。

中井くんが男友達と話している時はなんとも思わないけれど。女子と楽しそうに絡(から)んでいる時、限定で。

やっぱり、私。

それがどう考えても、嫉妬(しっと)という名の感情で。

私。中井くんのこと。

だけどどう考えても、釣り合うわけがない。少し前まで“ぼっち”だった私と、人気者の中井くんとは。

バカみたい。そんなこと、考えるなよ。私。

だけど、中井くんと笑顔で話す、名前も知らない女子に対しての私の醜(みにく)い嫉妬は、どうしても消えてくれなかった。

中井くんのご指導のおかげで、すっかりトラ子の扱いに慣れた私。今日も学校帰りに、手のひらでこねくりまわして地面にゴロンゴロンさせていた。

「これ以上無防備になっちゃったら、お前外で生きていけなくなるぞ」

中井くんがそんなトラ子に向かって悪戯っぽく言う。

「そうだねー。野良の世界は厳しそうだもん」

私はトラ子に視線を落としたまま、それっぽい返事をした。無難に、いつもどおりに。

さっき中井くんと仲よくしていた女の子に対する嫉妬らしき感情が、まだ胸の中に渦(うず)巻いていて。

なんとなく、中井くんと面と向かって話しづらかった。

「ご飯の取りあい、縄(なわ)張り争い、自然との戦い……。いろいろあるからなー、外猫は」

「なるほど、たしかにそうだね」
「もう、常に気を抜けないわけよ、猫はさ」
「うん」
「……で、折原さん。なんで今日はそんなに元気ないの？」
　トラ子の生きていく厳しさからの、突然の自分の話題に、私はびっくりして思わず顔を上げる。すると、いつの間にか私の向かいでしゃがんでいた中井くんと、ばちりと目が合った。
「え、ええ!?」
　至近距離に綺麗な顔があったことと、感情の機微を勘づかれたことに動揺して、私は変な声をあげてしまった。
「なにかあったの？」
　中井くんが私のことを覗き込む。じっと私を見つめる瞳がやけに美しくて、心臓の鼓動がどんどん早くなる。
「え、な、なにもないよ」
　ドキドキで息が苦しくなるのを堪えながらも、私はやっとのことでそう言った。
　――中井くんが楽しそうに女の子と話しているのを見て、イライラしちゃいました。
　なんて、口が裂けても言えない。
「えー？　嘘だー。なんかどんよりとしてるよ」
「え、え、どこが？」
「全体的に？　オーラっていうか？　気？」
「な、なにそれ……。なんか宗教みたいで怪しいよ、中井くん」

「とにかく！　折原さんの元気がないことは、俺の目から見てたしかなの！」

　中井くんが私をジト目で見て、迫(せま)るような姿勢をとる。眼前に気になる人の顔、答えられない追及。

　もう、どうしたらいいかわからず、私はなにも言えなくてタジタジになってしまった――そんな時だった。

「あ！　おねーちゃんだー！　トラ子もー！　おーい！」

　高く元気な幼児の声が、公園中に響きわたり、中井くんが私から目をそらした。彼の視線から解放された私は、ほっと胸をなで下ろす。

　――よかった。あのまま見つめられていたら、火照(ほて)って倒(たお)れてもおかしくなかったよ。

「トラ子ー！　ひさしぶりー、ふわふわ！」

　私を危機から救ってくれたのは、実くんだった。彼は私の隣で座り込み、トラ子の喉もとをなでまわし始める。

　あ。実くんがいるということは……。

「実。急に走ってどうしたんだ……って、桜？」

　実くんを追いかけ、私たちの近くまでやってきた渉くんが言った。

「あ、渉くん。この時間に会うなんて珍しいね」

　渉くんが実くんを幼稚園に送っていく朝にしか、ふたりとは会ったことがなかった。放課後のこの時間帯に会うのは初めてだ。

「友達の家で遊んでた実を、今迎えにいってたんだ。公園を通ったら、実が桜の姿を見つけたみたいで。っていうか、久しぶりだね」

言われてみればそうかもしれない。最近ふたりを見かけていなかった。

「そういえばそうだね。最近朝会えなかったから。なにかあったの？」

私がたずねると、少し間を置いてから渉くんが答えた。

「母親が入院したりとか、いろいろあったから」

「え!?　入院って……。お母さん大丈夫なの!?」

「うん、まあ。大丈夫」

「そう？　それならよかったけど……」

入院と聞いて驚いたけれど、彼が大丈夫と言うなら大丈夫なのだろう。大ごとじゃないみたいで、よかった。

「……折原さん。この人たちは？　なんだか、仲よさそうだね」

中井くんに言われてはっとする私。ふたりとの再会が嬉しくて、中井くんを放置してしまった。

「ご、ごめん中井くん。朝たまに、この公園で会う人たちなの。渉くんに、実くんだよ」

「朝、ここで……。ふーん。それだけ？」

「……？」

それだけ？って、どういう意味なのだろう。私と渉くんと実くんは、ここ以外で会ったことがないけれど……。

中井くんは私になにを聞きたいのかな？

よくわからず私が眉(まゆ)をひそめていると、中井くんは小さくため息をつき、渉くんの方を向いた。

「こんにちは、折原さんのクラスメイトの中井悠です」

　笑顔でそう言った中井くんだったけど、なぜだか少しいつもと雰囲気が違う気がした。渉くんに対して敵意……とまではいかないけれど、よそよそしさを全面に押し出しているような、そんな感じ。

　いや。人当たりのいい中井くんが、そんなわけないか。私の気のせいだろう、きっと。

　――と、思っていたのだけど。

「俺は、渉。こっちが弟の実。桜とは、仲よくさせてもらってる」

「仲よく、ね」

　ん？　なんだか渉くんと中井くんとの間に、不穏（ふおん）な空気が流れているような……？　漫画（まんが）で言うと、視線がぶつかって火花が飛んでいるような、そんな雰囲気。

　え、なんで？　ふたりとも初対面でしょ？　敵対する理由はないはずだけれど……。

　いやいや、渉くんはもともと無愛想な人だし、それこそ私の気のせいだよね。うん、そうだ。……そうだといいな。

　しばし空間が静寂（せいじゃく）に包まれたあと、「トラ子ゴロゴロしてる！」という、実くんの場違いに明るい声が響いた。

「実、もう行くぞ」

　渉くんが中井くんからふっと目をそらし、相変わらずトラ子とたわむれている実くんに、低い声で言った。

「えー！　もおー？　トラ子ともおねーちゃんとも、もっとあそびたいのにぃ」

「ダメだ、母さんのところにも行かなきゃいけないだろ」
「……あ、そっかあ」
しゅんとした顔をし、実くんは立ちあがった。そして渉くんと手をつなぐ。
「ということで、俺たちはもう行くから」
「う、うん。またね」
なんだかいつもより機嫌が悪そうに見える渉くんに、私はとまどってしまった。せっかく会えたかと思ったら、さっさと帰ってしまうようだし。
いや、でも私は彼を怒らせるようなことはしてないはずだ。うん、やっぱり気にしないことにしよう。
「じゃあまたねー、おねーちゃん！　トラ子も！」
公園をあとにしようとする渉くんに手を引かれた実くんが、うしろを振り返りながら満面の笑みで私に手を振る。
私は彼らの姿が見えなくなるまで、笑顔のまま手を振り続けた。
「あの人、折原さんのこと『桜』って呼んでたね」
完全にふたりがいなくなってから、中井くんがぼそりとつぶやく。
私にとっては取るに足らないことを指摘されたので、どう反応したらいいかわからず、うろたえてしまう。
「えっ!?　まあ、そうだけど……？」
私は様子をうかがうようにして中井くんを見上げた。
「仲いいんだなあって思って」
「あー、渉くんドイツ人の血が入ったクオーターで。だから、名前で呼ぶことが普通なんじゃないかなあ？」

そういえば、渉くんは最初から私を下の名前で呼んでいた。あまりにも自然だったから今まで気にしてなかったけれど。

周りから見たら、そんなに気になることなのかな？

「ふーん。なるほど、ね」

渉くんと実くんが歩いていった方を見送りながら、淡々とつぶやく中井くん。

渉くんが私を呼び捨てにすることに、特別な意味なんてないと思ってくれたのだろうか。まあ実際、他意なんてないと思うけど。

「――まずいな。早くなんとかしないと」

「……？」

中井くんがつぶやいた言葉の意味がまったくわからなかった。思わず彼の顔を見ると、微笑んでこそいたけれど、どこか自嘲的な笑みに見えた。

「どういう意味……？」

「全然。なんでもないっす」

私がたずねると、中井くんの笑みからうしろ向きな要素が一瞬で消える。いや、もともとなかったのかもしれない。

私の勘違いかな。

中井くんのつぶやいた言葉の意味が少し気になったけれど、足もとにトラ子がすり寄ってきて、かまっているうちにすっかり忘れてしまっていた。

「桜っちのお弁当、いつもおいしそうだよねえ。いいなあー」
　ある日のお昼休みの教室。いつもどおり詩織と加奈ちゃんと３人で昼食を食べようとしたら、加奈ちゃんが私のお弁当を覗き込みながら言った。
「そうかなあ」
「あ、それ私も前から思ってたー！　彩り(いろど)がよくて、めっちゃおいしそうに見えるよ。自分で作ってるの？」
「えーとね……卵焼きだけ私で、あとはお母さん」
　詩織の問いに、私は苦笑を浮かべて答える。
　今日のメニューは、チキンライスにハンバーグ、ほうれん草のごま和(あ)えに卵焼き。デザートはスイートポテト。
　私のお母さんは料理上手だ。普段の自宅での食事はもちろんのこと、お弁当は彩りにもバランスにも気をつけている上に、味だって絶品だ。
　最近はお母さんの負担を少しでも減らそうと、自分でも料理の練習をしているけれど、まだまだだ。
　今日自分で作った卵焼きだって、外側は少し焦(こ)げてしまっているし、形もいびつだ。お母さんに教えてもらった調味料の分量は守っているから、味は悪くないけれど。
「そうなんだ。でもえらいじゃん、少しでも朝から自分でやってて」
「そうかなあ」
「私なんて自分でお弁当作るなんて考えもしないよー。マイマザーも料理アレだしさ。毎回購買(こうばい)のパンかコンビニだよお」

なんてことを、詩織と加奈ちゃんと３人で話していると。
「へー。弁当、うまそうじゃん」
背後からいきなり男の子の声が聞こえてきたので、私は驚いてびくりとした。しかも、その声が——最近一挙一動が気になってしょうがない、中井くんの声だったから。
「な、中井くん」
「食欲そそられんねー」
中井くんが私のお弁当の中身をじっと見ながら、うらやましそうに言う。
「あー、今から学食行こうと思ってたんだけど、折原さんの弁当見てたらますます腹減ってきた。なんかひと口ちょーだい」
「え!?」
無邪気に中井くんに言われて、私はとまどう。
「い、いいけど。どれがいいかな……」
べつにひと口くらいかまわないけど、あげるんなら確実においしいお母さんのおかずだな。まあ、中井くんもこんな見た目の悪い卵焼き、欲しくないだろう。
——と思ったのだけれど。
「ん、これ」
中井くんは卵焼きに刺さっているピックをひょいっとつまむと、あっという間に口の中に放り込んでしまった。
「ちょっ!?　な、中井くん!?」
「あ、これめっちゃうまー。何個でもいけるやつだ」
「な、なんでよりによって卵焼きなの!?」

あきらかに、いちばんまずそうなやつを。どうして？

まさか、私が作ったって言うのを聞いていたから、選んだ……ってことは、ないよね？

「んー、なんとなく」

「なんとなくって……」

「折原さん、いいお嫁さんになるよ」

「え!?」

卵焼きを食べられてからの、そんな発言に、私はどうしたらいいのかわからなくて固まってしまう。

すると、詩織があっけに取られたような表情をしながら、小声でこう言った。

「桜と中井くんって……どういう関係？」

「はっ……!?　どういう関係って……」

いきなり思ってもみないことを言われ、焦(あせ)りながらも小声で応対する私。

「もしかしてふたり付き合ってるの？」

「はあ!?　ま、まさか！　違うよ！」

詩織の質問にびっくりして、思わず私は大声をあげてしまった。

「なにが違うん？」

そう言って首をかしげて私を見る中井くん。

「な、なんでもないよ」

もちろん、言葉を濁(にご)す私。付き合うとか付き合わないとか、彼とはそんな関係じゃない。トラ子のことで協力してもらっているだけだ。

——私の想いがどうであれ。
「ふーん。あ、そうそう。今日の放課後なんだけど」
中井くんは、そんな私の様子など気にしていないようで、あっさりと話題を変えた。よかった、これ以上詮索されなくて。
「な、なに？」
「トラ子のところ行こうと思ってたんだけどさー。前にじゃんけんで負けて押しつけられた保健委員会の集まりがあって。早く終わったら行くけど、もしかしたら行けないかも」
「う、うん。わかったよ」
そんな話をする私と中井くんを、なぜか詩織と加奈ちゃんは目を丸くして驚いたように眺めていた。なにをそんなにびっくりしているのだろう。
「ごめんね。トラ子のこと、よろしく」
そう言うと、中井くんは去ってしまった。学食に行ったのだろう。
——そっか。今日はトラ子の世話に来ないんだ。ふーん。
って、なにがっかりしてるんだ、私は。
そんなことを思っていると。
「ちょっと桜！　どういうことなの!?」
「え!?」
詩織がただならぬ雰囲気を醸し出しながら、私につめ寄ってきた。
「なんか、中井くんと約束してるみたいだったじゃん!?デート!?　桜の卵焼きも、おいしそうに食べてたし！

やっぱり付き合ってるの!?」
「は、はあ!?　違うってば！　前に言った、野良猫の里親探しを中井くんが手伝ってくれてるだけ！　中井くん、猫好きなんだって」
「えー!?　本当にそれだけなの？」
「うーん……猫好きもあるかもしれないけど。中井くん、桜っちのことも好きなんでは」
　今度は加奈ちゃんが神妙な面持ちで、とんでもないことを言ってきた。
「ええ！　そんなわけないじゃん！」
　言葉に出すのももったいなさすぎることを言われ、私は全力で否定する。――だけど。
「そうかなあ。なんか中井くん、桜っちのこと気にしてるように見えるけどなあ」
「私も思う！　泥棒騒ぎの時もさ、『この人はそんなことしないよ』って即行(そっこう)で桜のことかばってたし。やっぱり、好きなんじゃない？」
「中井くん、かっこいいし人気あるよねー。狙(ねら)ってる女子、結構多いよ。そんな男を落とすなんて、罪な女ですなあ、桜っち」
「ちょ、ちょっとー！　そんなことあるわけないってば！」
　詩織と加奈ちゃんのふたりに、次々にありえないことばかりを言われ、私は赤面しながら必死に首を横に振った。
「えー、そうかなあ」
「そうだよ！　中井くんは、猫に優しいだけなんだって！

誰にでも優しそうじゃん、あの人」
「ふーん……」
　ふたりは納得していないようだったが、私があまりにも否定するので、しぶしぶ引きさがったようだった。
　そうだよ。そんなはずない。
　この前だって、ほかのクラスのかわいい子に誘（さそ）われて、遊びにいっていたようだし。
　私みたいに引っ込み思案で見た目が怖くて、素直じゃない性格の女子なんて、好かれるわけないんだから。
　だけど――。
　詩織ちゃんと加奈ちゃんがそう思うんなら。そんな可能性が、少しはある……のかな。
　なんて、身分不相応な希望を一瞬抱きそうになってしまって、私は必死でそれをかき消したのだった。

　放課後、中井くんは保健委員会の集まりがあるということなので、私はひとりでトラ子の縄張りの公園へ向かった。
　まあ、そもそも彼は交友関係が広いから、今日に限らず、来られないことも多い。だから一緒に行くのが当たり前だとも思っていないし、ひとりで行くのがとくに寂しいわけでもなかった。
　――残念じゃないって言ったら嘘になるけど。
「トラ子ー！」
　よくトラ子が昼寝しているベンチ付近で、そう呼びかける私。姿が見えない日でも、名前を呼ぶと八割方トラ子は出てきてくれる。もちろん、野良猫だからいない日もあるけれど。

そして今日はどうやら、いない日に該当するようだった。

散歩にでも行ったかな。それならそれでいっか。

そう思って、私は立ち去ろうとした。しかし。

――にゃあ……ん……。

トラ子の声が聞こえてきた気がしたので、私は思わず立ち止まる。そしてその声がとてもか細く、いつも元気ににゃあにゃあと声を張りあげるトラ子とは、全然違っていて。

なにかあったのだろうか。

言葉にはできない胸騒ぎを覚える。

「トラ子！　どこ!?　いるの!?」

そんなふうに呼びかけながら、私はトラ子の姿を捜(さが)した。ベンチの下、滑り台の上、砂場の中と、公園中を捜しまわる私。

そして、トイレの脇の草むらの中に、トラ子の姿を見つけた。

「……！」

トラ子の状態に、私は絶句する。

横たわり、荒(あら)く呼吸をしているため、胸が激しく上下している。うしろ足は血まみれで、かかとの部分は白い物体が飛び出していた。骨だろうか。

「トラ子！　どうしたの!?」

思わず抱(だ)きしめそうになるが、下手に動かしたら怪我が悪化してしまうかもしれない。

私はすんでのところで堪えた。

トラ子はうつろな目で私を一瞥(いちべつ)すると、にゃあ、と小さく消えいりそうな声を出した。かなり危険な状態であることは、ひと目でわかる。

交通事故にでも遭(あ)ったのだろうか。こういう時、どうしたらいいの？　人間なら救急車を呼ぶんだろうけど、動物の救急車なんて、ないよね……。

頼(たよ)れる人はひとりしかいなかった。私は迷わずにスマートフォンをタップし、彼に――中井くんに、電話をかける。

中井くんは、すぐに電話に出てくれた。

「な、中井くん！　委員会終わった!?　いっ、今大丈夫、かなっ」

気が動転して、ろれつがうまく回らない。

『うんー、ちょうど終わったよ。どうしたの、なんか慌ててない？』

スマホから聞こえる、中井くんのおだやかな声。それを聞いただけで、安心感がわきあがってきて、私は泣きそうになってしまう。

「ト、トラ子がっ。ひどい怪我、しててっ！」

『えっ!?』

「血もいっぱい出てるし、あ、足の骨も見えてるのっ。ねえ、どうしたらいいのっ!?　トラ子、し、死んじゃうの!?」

死、という単語を口にした瞬間、涙がこぼれ落ちてきた。トラ子が死んでしまう。

高校に入学してからひとりっきりだった私とともに、長い時間を過ごしてくれた友達が。心の支えが。
『落ち着いて、折原さん』
　スマートフォン越しに聞こえてきたのは、おだやかだけど、どこか力強さが感じられるような、中井くんの声音。
　動揺(どうよう)してフラフラしている私を、まるで支えてくれているかのようだった。
『公園の近くに動物病院があるんだ。まずはそこに連れていって。できる？』
「え……う、うん！」
『トラ子を連れていく時は、そっと抱っこしてね。病院の詳しい場所は、メッセージで送るよ』
　そっか。とりあえず動物も怪我をしたら病院だよね。こんなところで慌てていてもなんの意味もない。
　中井くんのおだやかな声を聞いているうちに、私は幾分(いくぶん)か落ち着きを取り戻していった。
『俺も今からすぐに向かうから。病院で待っててくれる？』
「う、うん！　わかった！」
　来てくれる。よかった。
　私は心から安堵した。病院へ行くとはいえ、トラ子の安否をひとりっきりで気遣うのは、心底不安だったから。
　そして私は、弱々しく鳴くトラ子を、おそるおそる抱っこした。あまり痛がらなかったので、ほっとした。
　そのまま私の腕の中で荒く呼吸をするトラ子を、私は気遣いながら早足で動物病院へと運んだ。

　動物病院に着いて受付の看護師のお姉さんにトラ子の様子を見せると、血相を変えてすぐに先生を呼んでくれた。
「急患です！」
「緊急手術が入ります！　通常の診療はあと回しになりますが、よろしくお願いします！」
　そんなことを口々に叫びながら、バタバタと動物病院のスタッフが院内を走りまわる。
　ただ事ではない様子に、私は心底不安になった。トラ子はそこまでひどい状態なのかな……。
　待合室で待つように言われて、私はソファに腰を下ろした。体が自然と小刻みに震えてしまう。
　私にとって大切な存在が消えてしまうかもしれない。かつてない恐怖が私を襲う。
「……トラ子は？」
　中井くんがいつの間にか傍らにいた。息を切らしている様子だった。急いで来てくれたことが、見ただけでわかる。
「今手術してて……。終わるまで待つように言われたの。怪我が命にかかわるものなのかどうかは、言われてないからわからない」
「そっか」
　中井くんは私の隣に座った。彼はだいたいいつも微笑んでいるのに、今は真顔で床の一点を見つめている。
　トラ子を心配してくれているのがわかる。
　私はどうしても体の震えが止まらない。思わず制服のスカートの裾を握りしめてしまったが、プルプルと振動してしまう。

　──すると。

「……大丈夫だよ。きっと」

　そんな私の手を、彼が包み込むように握った。

　──あったかい。

　中井くんの体温が手のひら越しに伝わってきた。その温かさに、緊張していた心が幾分かやわらぐ。

　気づいたら、体の震えは止まっていた。

「あ……ありがとう」

　トラ子への心配は少しも消えなかったけれど、ひどくざわついていた心は彼のおかげでだいぶ落ち着いた。

　──あれ以上私ひとりでいたら、パニックになっていたかもしれない。

　どうして中井くんの手のひらには、こんな不思議な力があるのだろう？

「折原さんは、トラ子がただかわいそうというだけで世話をしてたんじゃないもんね。大切な友達だから……心配だよね」

「え……」

　そのとおりだった。孤独に学校生活を送る私は、母親とはぐれてひとりで生きているトラ子を、どこか同志のように、相棒のように思っていたのだ。

　──だけど、なんで。

「どうして、わかるの？」

　なぜ中井くんは、私のトラ子に対する思いを、見抜いているのだろう。
　すると中井くんは、ひどく優しく笑った。その微笑みがあまりに心に染みて、私はドキドキしてしまう。
「そんなもん、いつも見てればわかるって」
「え？」
　いつも見てる？　それって、どういうこと……？
　そう思った私だったが、その疑問を中井くんに問いかける前に、診察室の扉が開いて、先生が出てきた。
「トラ子は……大丈夫なんですかっ」
　私は思わず先生に駆けより、泣きそうになりながらたずねてしまった。
　先生はそんな私を見て、にこっと笑うと。
「大丈夫ですよ。幸い、内蔵の損傷はほとんどありませんでした。うしろ足の骨折も、きちんと治療すればもとに戻ります」
　私をなだめるように言ってくれた。
「よかった……」
　私はあまりの安堵感に、力が抜けてその場にへたり込んでしまった。そして瞳からは涙がこぼれ落ちる。堪えていたのに、あふれ出てきてしまった。
「大丈夫？」
　中井くんが、かがみながら私に手を差しのべてくれた。
　私を覗き込む中井くんの顔には、おだやかな微笑み。感情の変動の激しい私を、見守ってくれているような、包み込んでくれているような。

彼からは、そんな包容力が感じられた。
「――うん」
私は泣きながら微笑んで、中井くんの手を握る。少しふらつきながらも、彼が肩を貸してくれたので、なんとか立ちあがることができた。
――本当によかったよ、中井くんがいてくれて。
私は彼に、心から感謝したのだった。

手術を無事に終えたトラ子は診察室の奥(おく)にある、入院中の動物たちがいる部屋の中にいた。
そして入れられたケージの中で規則正しくお腹を動かしながら、眠っていた。まだ麻酔が効いているらしい。
足には包帯、首にはまるでメガホンのようなものをつけられていた。
それは、エリザベスカラーというもので、猫が自分の傷口を舐めたり縫合糸をかじって引っぱったりするのを防ぐためにつけるらしい。
傷を負って弱々しい雰囲気のトラ子なのに、首の周りに襟をつけてまるで派手に着飾っているように見える。こんな時に不謹慎だけれど、そのギャップがちょっとおもしろかった。
トラ子は数日入院すれば、退院できるとのこと。よかったけれど、そのあとの世話はどうしよう。
さすがに怪我が完治していない状態で外で飼うわけにはいかない。うちで里親が見つかるまで、こっそり飼うしかないのかなあ……。お母さんに事情を話さないといけないなあ。

中井くんと一緒にケージの中にいるトラ子を眺めながら、あれこれと考えていると――。

「折原さん、お会計でーす」

看護師からそんな声が聞こえてきたので、私は「は、はーい」と慌てて返事をして、受付へと向かう。

そっか、お金がかかるんだった……。動物病院って、いくらくらいかかるんだろう？

お小遣いで払(はら)えるかな……。

などと考えていると、看護師さんが絶望的な言葉をはなった。

「４万8250円です」

「よんまん……!?」

想像の10倍以上の金額に、私は腰を抜かしそうになる。

４万って……。私の財布には、7000円とちょっとしか入っていない。これでも、私の中では結構入っている方だ。

どうしてこんなに高いんだろう。私が病院に行った時は、いつも数百円しかかからないのに。

昔包丁で指を切って縫った時だって、数千円程度しか請求されなかった気がする。

払えないよ。どうしよう。

「動物は、保険がきかないから。高くなるんだよねー」

まごついている私に、中井くんがどうってことない調子で言った。

「保険……そっか」

あまり詳しくはないけど、人間なら毎月健康保険料を支払っているから、病院では実際にかかった医療費の２割とか３割しか払わなくていいんだっけ。ニュースで見たことがある。

そして中井くんは以前に猫を飼っていたから、だいたいの金額がわかっていたのだろう。

「どうしよ……こんな高いの、払えない……。一度お母さんに相談しないと」

「ん、俺が払っておくから大丈夫」

「え？」

中井くんは、すっと財布を出して、スムーズな動作で１万円札を５枚会計用のトレイに置いた。まさかの展開に驚いたことは言うまでもないけれど、彼の財布にもっとお金が入っているようにも見えたので、不安すら覚えた。

「な、中井くん。どうして、そのお金」

「ん？　ああ。親父に『前に話してた猫が事故に遭って、今病院にいる』って電話で伝えたら、えらく心配した感じで家に置いてた緊急用のお金を使っていいって言ってくれたんだ。やっぱりトラ子のこと、気にしてたんだなー」

「そ、そうだったの？　で、でもこんな大金……」

「いいのいいの。親父は好きで出してるんだから。気にしないでよ」

恐縮する私に、中井くんはこともなげに言った。本当に、たいしたことだと思っていないふうだった。

　中井くんとお父さんも、命のためなら、いくらお金がかかっても気にしないような人たちなのかな。

　――優しい家族だな。

「あ、ありがとうっ！　中井くんも、お父さんもっ……！」

「だからいいってば。親父は猫バカなだけなんだからさ。ところで折原さん。このあと、どうするの？」

「え……？」

　待合室にかかっている時計を見たら、すでに午後７時を回っていた。いつもなら、そろそろお母さんと一緒に夕飯を食べる時間。お母さんが夜勤の日は、私ひとりだけれど。

　たしかお母さんは今日は日勤だったはず。急いで帰らないと、心配するかもしれない。

「あ、帰るけど……」

「その格好で……？」

「え……？」

　中井くんが私のお腹のあたりをちらりと見て言った。意味がわからなかったが、私は彼の視線を追う。――すると。

「わ！　なにこれ!?」

　制服に、血がべったりとついていた。トラ子を運んだ時についてしまったのだろう。

　トラ子、結構血が出てたもんなあ……。運ぶのに必死で気づかなかった。

「そんな格好で外出歩いたら、みんなびっくりしちゃうんじゃない？　事件かと思って、通報されちゃうかも」

「うん……そうだね」

「折原さんちが近いなら、ダッシュで帰れるかもしれないけど」
「うーん……私、電車通学だからなあ。駅、人がいっぱいいると思うし、こんな格好で歩いてたらヤバいよね……」
　私の家は、学校の最寄り駅の隣駅の真ん前なのだ。ここから歩いて帰れない距離ではないが、それなりに人通りが多いので、たくさんの人に目撃(もくげき)されてしまうだろう。
　だけど、着替えも持っていないし、どうやって帰ればいいんだろ。
　すると中井くんは、頬をポリポリとかきながら、なぜか少し照れくさそうな顔をした。
「あのさ、折原さんがよければ……なんだけど」
「え？」
「俺んち、この近くだから。うちに寄ってくれれば、着替え貸せるけど」
「え！　いいの!?」
　願ってもいない話に、私は迷わず飛びつく。
「うん。制服の上から、羽織れるものでも貸すから」
「た、助かる！　お願いします！」
　思わぬ助けに、自然と笑顔になってしまった私。
　トラ子を病院へ連れていくことをアドバイスしてくれ、病院代も支払ってくれて。
　さらに私のことまで、助けてくれるなんて。
　中井くんって、本当に。
「神だ」

思わず口に出てしまった。

だって、心からそう思ったから。

すると中井くんはクスリと笑う。

「前にも言ったけど、俺は普通の男子高校生っすよ」

そう言った中井くんの笑みが、なんだか『しょうがないなあ、折原さんは』とでも言っているような、親しみのあるからかいが含(ふく)まれているように見えて。

彼と親密な関係になれたように思えて。

なぜか、私の胸は高鳴った。

なんでこんなことくらいでドキドキしちゃうんだろ。私やっぱり。

中井くんのこと……好きなのかも。

「わ、わ、私にとっては神なの！」

なにも言わないでいると心の中が見すかされてしまうような気がして、私は慌ててそう言った。

「それもこの前聞いたよ」

「いいでしょ、神なんだからっ」

「はは。やっぱ折原さんいいわー。……でも、ちょっと無防備すぎない？　人んち来るのに、ふたつ返事でさ」

「……？　どういうこと？」

中井くんの言っている意味がまったく理解できず、私は首をかしげた。

すると中井くんは、一瞬ちょっと慌てたような顔をしたかと思ったら、顔の前でパタパタと手を振る。

「あー、いやいや、なんでもないよ。じゃ、行こっか」

「……？　うん」

なんだったんだろう。まあいいか。

ちょっと疑問だったけれど、私はお母さんに『ちょっと遅くなる』と連絡を入れたあと、中井くんについていくようにして病院を出て、彼の家へと向かったのだった。

動物病院から５分もしないうちにたどり着いた中井くんの家は、モダンな洋風の一戸建てだった。

玄関のポーチの床部分はレンガ調で、その周りには色とりどりの花々が植えられたプランターや植木鉢が整然と置かれていた。

中井くんのお母さんがお手入れしているのかなあと考えながら、私は彼に促(うなが)されて家へと入った。

玄関先は真っ暗だった。すでに日が落ちているから、電気がついていなければ暗いのは当たり前だけど、家の人は誰もいないのかな。

外から見た感じでも、明かりが灯っている部屋はなさそうだった。

「中井くん、おうちの人は？」

手探(さぐ)りで玄関周りの電気をつけた中井くんに、私はたずねた。

たたきもきちんと掃除されていて、靴はまったく置かれていない。

靴箱の上には、透明なお皿に入ったポプリが置いてあって、フローラルな心地のいい香(かお)りが鼻腔(びこう)をかすめる。

これだけで、中井くんの家族が素敵な人なんだなとわかる。

「あ、父さんは仕事で遅いし、母さんは弟のスイミングの送り迎えにいってて。帰ってくるのは８時頃かな」

「へー、中井くん弟いるの？　何歳（なんさい）？」

「小６。めっちゃ生意気だぜー。まあ仲はいいけどさ」

中井くんの弟なら、きっとかわいい顔をしているに違いない。小学校でも、女の子にモテモテなんだろうな。

などとのんきなことを考えていた私だったが、ある重大なことに気づいてはっとする。

——今、中井くんのおうちの人がいないってことは。

私、今中井くんとふたりっきりじゃん。彼の自宅で、ふたりっきり……。

嬉しいような気まずいような、落ち着かない気持ちになる私。

べ、べつに服を借りたらすぐ帰るし……。なにも気にすることなんてないよ。

そう自分に言い聞かせて、なんとか私はそわそわした気持ちを落ち着かせた。

「とりあえず、リビングに入ろっか」

「う、うん」

廊下（ろうか）を進みリビングに入った中井くんのあとに続く私。

15畳ほどあるリビングには、ソファとダイニングテーブル、テレビ台といった、よくテレビのホームドラマで見るような、オーソドックスな家具が置かれていた。

ショッピングモールのお洒落な家具屋さんで販売されているような、かわいらしくセンスのよい家具たち。

つやつやと光沢のあるフローリング。一見して隅々まで掃除が行き届いていることのわかる、清潔感。

——モデルルームみたいだなあ。

ここで中井くんは、ご両親や弟さんと毎日団欒しているんだ。テレビを見たり、ご飯を食べたりして。

そんなふうに、家の中での中井くんをぼんやりと想像していると。

「じゃあ、折原さんが着られそうな服、俺の部屋から取ってくるから。ソファにでも座って待っててね」

「うん」

そう言われたのでソファにゆっくりと腰掛けると、中井くんがリビングから出ていった。

ソファ、ふかふかだなあ。うちにはこんなものないから、なんだか新鮮(しんせん)だ。

私の家は、お母さんと私だけなので、2LDKの決して広いとはいえない賃貸アパートだ。まあ、それでも不自由はしていないし、私の部屋もあるので、とくに不満はない。

でも、こんなに綺麗でおしゃれな一軒家、ちょっと憧(あこが)れちゃう。

中性的な美形の中井くん。身につけているピアスから察すると、センスもよさそう。

この家は、いかにも中井くんが住んでそうだな、と思う。

「パーカーくらいしかなかったけど、いいかなあ」

リビングに戻ってきた中井くんが持ってきてくれたのは、黒で無地のパーカー。フルジップタイプで着やすそうだった。

「全然大丈夫！　ほんと、ありがたいよ」

正直、制服についたトラ子の血を隠せればなんでもよかった。

「そうー？　あ、でも折原さんにはでけーかも」

「小さいよりはいいんじゃない？」

「それもそっか。──はい」

中井くんが差し出したパーカーを受け取ると、私はそれを羽織ろうとする。しかしあることに気づいて手を止めた。

「パーカーに血がついちゃうかも……」

制服についた血はすでにほとんど乾（かわ）いているように見えたけど、もしかしたらこの上から着たらパーカーを汚してしまうかもしれない。

「えー？　いいよいいよ。どうせ黒だしついてもわかんないから」

「えっ、だ、ダメだよ！　貸してくれる上に、汚しちゃうなんて……。あ、制服脱いでから着るね！」

「え」

私の言葉に、虚（きょ）を突かれたような顔をする中井くん。一瞬どうしたんだろうと思ったけれど、すぐに彼の表情の変化の意味を理解する。

「あ……あの、ち、違う部屋で！　と、トイレとか！　洗面所とかで！」

「あー……うん。そうだね。洗面所、リビング出て右の扉ね」
「あ、ありがとう」
私はそそくさとリビングを出て、洗面所に入る。
——ヤバい。ドキドキが止まらない。
本当にどうしちゃったんだ。こんなことくらいで。べつに中井くんの前で服を脱ぐとか、そんな話じゃないのに。
っていうか、中井くんも一瞬微妙な反応をするから、私もドギマギしてしまったじゃないか。まったくもう、中井くんめ。
血のついたセーラー服を脱いで畳んでからリュックにしまうと、下着の上から黒いパーカーを羽織り、ジッパーをきっちりと締める。
たしかに私には大きめだった。私の身長は165cmで、女子にしては大きい方だろうけど、目算で180cm近くある中井くんの服は、さすがにぶかぶかだ。
まあ、それでもオーバーサイズの服をおしゃれで着てるように見えなくもないか……と、洗面所の鏡を見て私は思った。
スカートは無事でよかった。
パーカーからはほのかにフレグランスのような香りがする。柔軟剤(じゅうなんざい)の匂(にお)いかなにかだろう。中井くんの匂い。
中井くんが普段着ているパーカーを、今は私が着ている。普段は中井くんの体を包んでいるもの。
そう考えた瞬間、なぜか私の心臓の鼓動の音が大きくなった気がした。

——とりあえずリビングに戻らなきゃ。

何回か深呼吸して、気持ちを無理やり落ち着かせると、私は洗面所から中井くんのいるリビングに戻った。

「あ……ありがとう。やっぱりちょっと大きいけど、これで大丈夫そう」

手のひらの半分くらいまでを隠してしまった袖(そで)をもたつかせて、私は少し照れながら言う。——すると。

中井くんはなぜかポカーンとしたような顔をして私を見ると、ふいっと目をそらした。

「……その着方、犯罪くさいわ」

そしてぼそりと、なにやら物騒なことを言う。

「え？　犯罪……？」

「あ……ごめんなさい。なんでもないっす、はい」

再び私を見ると、はにかんだように笑って言う。少し顔が赤く見えるのは、なんでだろう。

そしてテレビの下のDVDレコーダーのデジタル時計が目に入ってきた。

19：47。

そろそろ帰らないと。連絡しているとはいえ、お母さんが心配する。

「中井くん、今日は本当にいろいろありがとう。トラ子のことも助けてくれて、服まで貸してくれて」

「あ、もう帰るの？　もうすぐ母さんが帰ってくるんだ。夕飯は作ってあるはずだから、折原さんも一緒に食べていけば？」

「あ……ありがとう。でもたぶん、うちのお母さんも晩ご飯準備して待ってるから……」

中井くんのおうちで、一緒に晩ご飯。心からそうしたかったけれど、お母さんの料理を無駄にするわけにはいかなかった。

「そっか、そうだよね」

そう言った中井くんの顔が少し残念そうに見えたのは、私の希望的観測だろうか。

「うん。いろいろ、ありがとう。じゃ、またね」

うしろ髪を引かれる思いがあったが、私は帰ろうと、リビングから出ようとした。――その時。

「ごめん、待って」

ダボダボのパーカーの袖を、中井くんに引かれた。私は思わず立ち止まる。

「え」

「あのさ……俺」

振り返った時に見えた中井くんは、どこか緊張しているような面持ちをしていた。

「ど、どうしたの？」

「前にさ、折原さんのストーカーだって言ったら、どうする？って聞いたことがあったじゃん？」

たしか、トラ子がいる公園で中井くんと初めて会った時に言われた言葉だ。

「うん」

「あれさ、冗談だと思ってた？」

「え……？」

本気だったっていうの？　だとしたら、中井くんがストーカー？　私の？

彼の言うとおり、本当にそうだとしたらなかなか物騒な話だが、なぜか全然恐怖は感じなかった。

でもなんで中井くんが、私のストーカーなんてするの？

そんな純粋(じゅんすい)な疑問しか、私には生まれなかった。

「実はね、初めて公園で話しかける前から、俺、折原さんが毎日学校からの帰りに猫の世話をしているのを知ってたんだ。家の近くだから、偶然見かけてさ。それからずっと」

「えっ!?」

全然気づかなかった。あの公園、遊具もほとんどなくて子どもたちもあまり遊んでいないから、いつも自分しかいなかったのだけれど。

だから私、トラ子に会う度に、たくさん話しかけていたんだけど……。

中井くんが私に話しかけてくれた時も、トラ子と話していたのは見られてしまっていたけれど、それ以前から『今日さー、学校でさー』とか言っていたのも聞かれていたということなんだろうか。

まるで人間に世間話するかのように話していたんだけれど……。あらためて考えると、私ちょっとおかしいやつじゃない？

「い、いつ頃から!?」

「んー、４月の下旬(げじゅん)くらいかなあ」

「えええ！」

　そんなに前から……。これは、トラ子と会話——一方的に話しかけているだけだけど——している姿をバッチリ見られているに違いなかった。

　そういえば、動物病院で中井くんが「ずっと見てればわかるって」と言っていたのを今思い出した。

　つまり、私とトラ子の触れあいを実は２か月以上も見ていた中井くんは、私の思いを知っていたということか。

　——だけど、それにしても。

「な、なんで黙って見てるの。話しかけてくれればいいのに……。あ、やっぱり私のことが怖くて、ビビってたの？」

　言っている途中でむなしくなってくる私。クラス中にビビられている私を、中井くんも最初はきっとおそれていたに違いない。

　『怖くないよ』って言っていた頃にはすでに、隣の席での様子や、猫に話しかけている私を見ていたはずだから、きっと怖さが軽減されていたんだろうと思う。

「俺は折原さんが怖いと思ったことなんて一度もない。折原さんが優しいこと、俺は知ってる」

　しかし中井くんは、まったく想像していなかったことを言った。はっきりと。私をじっと見て。

「ひとりが好きなのかな、とは思ってたけどさ。俺にとって折原さんは怖さゼロ。初めて見た時からね。なんでみんな怖がってたのか、マジわかんない」

「ほ、本当に……？」

最初から、私を怖がっていない人がいるなんて。信じられなかった。

中井くんは、見た目だけで人を判断する人じゃないってことなのかな。

だけど、それならどうして。

「じゃあ、なんで公園でなかなか話しかけてくれなかったの？」

私がたずねると、中井くんはなぜか私から少し目をそらした。

そして少しあと、はずしていた視線をまっすぐに私のそれに重ねた。

「怖いっていうのと、逆」

「どういうこと……？」

「最初は孤独が好きな、かっこいい人なのかなって思ってた。でも偶然公園で、トラ子に話しかけるのを見て。本当は引っ込み思案で優しい子なんだなって思った。トラ子と一緒にいる時の折原さんは、教室で見る時と全然違ってたから、なんとなく話しかけるタイミングがなかったんだよね。それでそんな折原さんを見ているうちに──」

中井くんはそこまで言うと、いったん深く息をついた。そして意を決した様な顔をした。

「好きになってたんだ。折原さんのこと」

一瞬、私の時間が止まった。

中井くんの言葉が、あまりにも信じられなくて。まったく予想もしていなかったことで。

だって、いつも人に囲まれていて、ほかの女の子とも仲よさそうによく話していて、かっこよくて人気者の中井くんが。

私みたいな、ほぼ“ぼっち”の見た目が怖い女の子を。

——好きだなんて。

「俺の彼女になってください」

気持ちが追いついていない私に、中井くんはとどめをさした。

すると私の両目から、涙がこぼれ落ちた。自分でも目に涙が溜まっていたことには、そうなるまで気づかなかった。

「——いきなりだねえ」

泣きながら言うと、中井くんはひどく慌てふためいたようだった。

「泣くほど嫌だった!?　ご、ごめん！　いきなりで！」

そして焦った声で彼は言う。私は涙をぬぐいながら、必死にぶんぶんと首を横に振る。

涙は温かかった。頬を伝うそれに、私は心地よさすら覚えた。

「こ、これは嬉し涙……ってやつ……です……！」

私は涙声でそう言った。あわあわしていた中井くんの動きがぴたりと止まる。

「それって。つまり……」

「びっくりして……泣いちゃったみたい。嬉しすぎて泣くなんて……初めてだよ、すごい経験」

「OKってことで……よろしいんでしょうか……？」

私は泣きながらも、微笑んで深くうなずいた。
「よっしゃああ！　来たー！　ありがとう！　折原さん！」
喜びを叫ぶ中井くんが、私に抱きついてきた。突然のことに私は全身を硬直させる。
中井くんの匂いが、ぬくもりが私を包み込んできて。当たり前だけど、パーカーを着た時に感じたものの、何倍もリアルな感触で。
「……あっ！　ごめん」
腕の中で固まっている私に気づいた中井くんは、慌てた様子で私を解放した。
「つい……嬉しくて。嬉し、すぎて」
「うん」
はにかみながら言う中井くんに、私はうなずく。
べつに、嫌で硬直していたわけじゃないのに。嫌どころか、嬉しかったのに。ちょっと心臓がドキドキしすぎて、動けなくなっただけだ。
なんてこと、恥ずかしくて言えないけど。
照れくさくて視線を落としたら、再び時計の数字が見えた。20：02という表示に、私は慌てる。
「ご、ごめん中井くん！　私帰らなきゃ……」
「あ、そうだね。こっちこそごめんね。帰りぎわに引き止めちゃって」
「……ううん」
謝るなんてとんでもない。こんな嬉しいことを言われるなんて。時間なんて忘れて、ずっと一緒にいたいくらいだ。

　もちろん、そんなわけにはいかないけれど。中井くんのご家族も、そろそろ帰ってくるだろうし。

「――それじゃあ、またね。中井くん」

　私は照れながらも微笑む。すると中井くんも、頬を少し赤くしながらも、笑って私を見つめた。

「うん。……折原さん」

「……はい」

「これから、よろしく……です」

「よ、よろしくお願いします……！」

　まっすぐに私を見て言った中井くんの言葉に、私はこみ上げてくる嬉しさを噛みしめながら、深くうなずいたのだった。

ガラスの中のサクラの約束

トラ子は数日入院したあと、結局中井家が引き取ってくれることになった。

トラ子の入院費も工面してくれた中井くんのお父さんが、とうとう折れてくれたらしい。

中井くんが言うには、まあ入院がなくても飼ってくれるのは時間の問題だったとのことだけど。

そして私たちが彼氏と彼女という関係になって、２週間がたった。

なんだか、いまだにたまに信じられない瞬間がある。かっこよくて、みんなから慕（した）われていて、運動も勉強もできる中井くんが、最近までほぼ“ぼっち”だった私の恋人だなんて。

だけど中井くんは、私と会話をすると瞳を輝かせて常に嬉しそうにしてくれる。授業中、ふと目が合った瞬間には優しく微笑んでくれる。隣の席という至近距離でそんな悩殺スマイルを見せられては、いちいち体が熱くなったりニヤけたりしてしまいそうになるので、ちょっと控（ひか）えめにしてほしいと思ってしまうくらい。

中井くん、私のことをちゃんと彼女だって思っていてくれるんだな。私に向けられる彼のおだやかな微笑には、心から安心させられていた。

明日からは、待ちに待った夏休みだ。

「あっついなー」

容赦なく熱光線を浴びせる太陽の光を、手をかざして遮（さえぎ）りながら中井くんが言う。

梅雨が明けて夏も本番。数日前から猛暑日が続き、このうだるような暑さにはかなり活力を削がれている気がする。

「そうだね。――はい、これ」

ついさっきコンビニで買った、昔ながらのコーヒー味のアイス。ひと袋に２本入っているので、コスパ重視の高校生にとっては、優良な商品だ。

１本を中井くんに渡すと、彼は「さんきゅー」と笑顔で受け取る。

そして、食べる前にアイスの冷たさを堪能したいのか、頬に当てて「つめてー」と喜んだ。

中井くんと今の関係になってからは、一緒に帰ることが日課になっていた。

まあ、一緒に帰ると言っても、学校から数分で着いてしまう最寄り駅まで行くだけだったけれど。電車通学の私のために、中井くんは毎日駅まで一緒にいてくれるのだった。

また、週に何度かは、中井家に立ちよってトラ子を愛でる日もあった。お母さんや弟さんにもちょっと会ってみたかったけれど、毎回たまたま不在だった。

あ、でも詩織と園芸部の作業をする日は、先に帰ってもらっていたけど。

私たちが付き合っていることは、まだ誰にも言っていない。

私も中井くんも、交際が始まったからといって大々的に発表するタイプではなかった。

まあ、内緒にしているわけではないから、聞かれたら答えるとは思うけど。

もともと中井くんは、交友関係が広いから、私と一緒にいるところをほかの人が見ても、最近あのふたり仲いいね、くらいにしか思われていないみたいだった。

付き合う前に、トラ子の話で中井くんと盛りあがっていた時に『ふたり付き合ってるの？』とクラスメイトに疑われたことはあったけれど、ふたりで否定したらそれ以降はその話題を振ってくる人はいなかった。

だから今もたぶん、そう思われているのだろう。

「折原さん、夏休みのご予定は？」

「うーん……」

アイスを食べながら中井くんにたずねられたけど、私は口ごもる。

悲しいくらいたいした予定なんてなかった。部活もやっていないし、お母さんも忙しいから家族でどこかへ行くという話もない。

私は苦笑を浮かべてこう答えた。

「明日、詩織たちと図書館で宿題する約束してるけど……。まだ、それくらい」

中井くんは驚いたようで、目を見開いた。

「えー！　もう宿題やんの!?　早くない？」

「そう？　だって宿題、中学の時に比べてすごく多くて。気になっちゃうから、早めにやって終わらせたいなあ」

「げー、マジか。俺毎年あと回しにしちゃうなー。ってか、絶対そうなっちゃうわ。あとで大変になるってわかってても、やらないんだよなあ。昔からずっと最終日に泣いてるタイプです」

ぺろっと舌を出して、悪戯っ子のような憎(にく)めない笑みを浮かべる。それがかわいらしくて、私はキュンとしてしまった。

だけど、そんな思いに気づかれるのがまだ気恥ずかしくて、私は軽口をたたく。

「最後に困っても見せないし、手伝わないからねー」

私はふざけて意地悪く言った。中井くんは大げさに顔をしかめた。

「えー、助けてください。お願いします。折原様」

「なんで夏休み始まる前からそんなこと言ってるのっ。ダメです。自分でやってください。予定立ててやればちゃんと終わるはずです」

「はーい」

私が冗談交じりに厳しく言うと、中井くんもそれに合わせて返事をした。

中井くんとは、いつもこんなふうに自然に楽しくやり取りすることができた。

一緒に会話するだけで、どうしてここまで幸せな気持ちになれるのだろう。

そんなふうに私が幸福を噛みしめていると、アイスを食べ終わった中井くんが、私の顔を覗き込んで、こう言った。

「あ、そうそう。明後日(あさって)の土曜日に、学校近くの神社で祭りあるの、知ってる？」

「へー、そうなんだ。そういえば、電柱とかにポスターが貼ってあったような気がする」

私はこの近くに今年の春引っ越してきたばかり。

だから、この地域のローカルな事情についてはまったく知らなかった。

「毎年やってる祭りなんだよ。出店も結構あるし、花火もたくさん上がるんだー」

「へー、いいなあ……」

「一緒に行こうよ」

花火の情景をぼんやりと思い浮かべていた時、中井くんにとんでもなく嬉しいことを言われた気がして、私は思わず足を止めた。

「──えっ。一緒に……？」

「うん。俺たちまだ、デートらしいデートしてないし。行こうよ、一緒に」

デート。

そういえば、私と中井くんは付き合っているのだから、お祭りデートをしたとしても、なんらおかしくないのだ。

だけど、自分が誰かとデートをすることが、少し前の私からするとありえなくて。私は中井くんとのデートを、想像すらしていなかったのだった。

「行きたいっ……！　行く！」

明後日のことを考えただけで飛びあがるほど嬉しくなってしまった私は、弾（はず）んだ声で言った。

「やった！　5時くらいから出店開くから、10分前に学校前集合でいーい？」
「うん！」
　──中井くんとお祭り。
　一緒に出店で遊んで、おいしいものを食べて、花火を見て──。
　なんて楽しくて、幸せなイベントなのだろう。
　考えただけで心が躍ってしまう。
「あれ、なんか折原さんめっちゃニヤニヤしてない？」
「えっ!?」
　あまりにも嬉しかったためか、自然に表情がゆるんでしまっていたらしい。中井くんに指摘され、私は慌てた。
「べ、べつにニヤニヤなんてしてないよっ!?」
　言ったあと少しの後悔（こうかい）。
　ここで、『嬉しすぎて、ニヤニヤしちゃった』って素直に言った方が、かわいげのある女の子なんじゃないかな。
　なんで私はそれができないんだろ。
「そうー？　そう見えたからさ」
「う、うん」
「まあ、俺は嬉しくてニヤけちゃいそうだけどね」
　さらっと中井くんは言ってのける。
　──なんて素直でかっこいいんだろう。そして私に嬉しさを与えてくれる発言。
　そういえば、中井くんに好きだと言われた時ですら、私は自分の想いを言えていない。

私も中井くんが好きだよって。
恥ずかしがってないで、自分の気持ちを言葉にしないと。中井くんは、ちゃんとまっすぐに私に心をぶつけてくれているのだから。
しかしそんなことを考えているうちに、私たちは駅に到着してしまった。
「それじゃ、明後日ね！　ヤバい、めっちゃ楽しみだわー」
「――うん」
「んじゃ、また！」
そう言って中井くんは満面の笑みを浮かべ、私に手を振ると踵を返し、家へと帰っていった。
――ちゃんと、言わなきゃ。自分の気持ちを、素直に。
私は遠ざかっていく中井くんの背中を眺めながら、決意を固めた。

翌日。
図書館の窓からは、夏色の澄んだ空と陰影のくっきりとした入道雲が見えた。
地面に容赦なく注がれる日差しは、遠目では少し揺らめいていて、今日も酷暑であることを物語っている。
しかし、密室で空調の効いた図書館内は、快適そのもの。図書館に入ってすでに数十分が経過していたけれど、慣れてくると逆に肌寒さすら感じる。
そんな空間の中で私たち女子高生の３人が励むのは、大量の夏休みの宿題――の予定だったのだけれど。

「はー、やっぱり図書館は涼しいねえ〜」
　詩織は机の上に頬をつけて、のんびりとした口調で言った。私と加奈ちゃんくらいにしか聞こえないような小声で。図書館という場所が場所なので、周りに迷惑にならないように気をつけているらしい。
　それを皮切りに、私たちのひそひそ話が始まった。
「運動部の人は、暑い中練習してるんだよね……。私にはそんな苦行無理ですわー。マジ尊敬しかないです」
　加奈ちゃんはそう言いながらノートに一生懸命なにかを書いてる。宿題が進んでいるのかと思いきや、ちらりと見えたのはやたらとうまく描かれている、人気漫画の主人公。
「私も暑いの苦手……。日焼けすると、真っ赤になってヒリヒリするから嫌なんだー」
　かくいう私も、数学の問題を数問解いたあとは、どうも頭が回らない。ふたりと他愛のない話をしながらペンを手でもてあそんでいた。
　昨日、中井くんにえらそうなことを言ったけれど。私も夏休み後半に宿題に追われちゃうかもなあ。
　宿題を早めに終わらせるために集まった私たちだったけれど、夏休みが始まったことへの嬉しさと、危機感のなさから、ほとんど進んでいなかった。
「とりあえずさー、今日はかき氷食べにいこうよ。駅前においしそうなとこ、この前できたじゃん？」
「おー、いいねいいね！」
「涼しくなれそうだね」

詩織の提案に、加奈ちゃんが目を輝かせた。私もうきうきで乗っかる。

かき氷かあ。たまにコンビニで買うけど、お店のかき氷はふわっとしてて、クリームやフルーツも乗っていて、全然レベルが違う。

中井くんとも一緒に行ってみたいな。

これから40日近くある夏休み。

詩織や加奈ちゃんとも、中井くんとも、一緒にたくさん遊んで、夏を満喫したいなあ。

などと、今後の夏休みのことを考えて私が胸を躍(おど)らせていると――。

「あ、かき氷もいいけどさー、明日のお祭り一緒に行かない？」

「学校の近くでやるやつだよね？　行きたーい！　行こ行こ！」

今度は加奈ちゃんの誘い。間髪をいれずに、詩織が手をあげる。

普通なら、私も喜んで誘いに乗るところ。だけど。

明日のお祭りには、すでに中井くんと一緒に行く約束をしていた。

先約なので、加奈ちゃんの誘いは断らなければいけない。

しかし、ふたりにはまだ中井くんと付き合っていることを言っていなかったので、なんて切り出そうかとまどってしまった。

「桜っちは？　ね、一緒に行こー」

なにも言わない私の顔を加奈ちゃんが覗き込む。
ちゃんと言った方がいいよね。べつに隠す必要なんてないんだし。
「——ごめん。私別の人と行く約束があって」
「あ、そうなの？　学校の人？」
「うん……中井くんなんだ」
私が小声でそう言うと、今までのほほんとしていたふたりの表情が固まった。
——そして、次の瞬間。
「えー！　マジで!?」
「だけどやっぱり！」
ふたりは大きな声をあげ、一瞬驚いたように目を見開いたが、すぐにニヤッとして顔を見合わせた。
ふたりのテンションの高い反応にタジタジになりつつも、図書館内でこの声の大きさはヤバいんじゃ、と私が思っていると。
「ちょっと、さっきから騒がしいですよ。静かにしてください」
案の定、司書さんがつかつかと私たちがいるテーブルまでやってきて、睨(にら)みながら注意をしてきた。
「す、すみません」
謝る詩織に、頭を下げる私と加奈ちゃん。
今まではギリギリ許容範囲(はんい)だったけれど、さっきの絶叫(ぜっきょう)は、司書さんもさすがに見逃せなかったってわけか。
そして、司書さんがもといたカウンターまで戻ると、私たちは会話を再開させた。
　しかし、私と中井くんの関係に興奮した詩織と加奈ちゃんの声がどうしても大きくなりがちだったので、私たちは場所をかき氷店に移すことにした。今日宿題をするのはもうあきらめることにして。
　図書館からすぐ近くのかき氷店は、外装も内装も和で統一されていた。窓ぎわには風鈴(ふうりん)が吊るされていて、エアコンの風に乗ってときどき鳴る鈴(すず)の音が、とても涼しげだ。テーブル席に備えつけられた椅子(いす)の素材は畳で、さらさらとした感触が気持ちいい。
「──ちょ、ちょっと。それで!?　中井くんと付き合ってる件、詳しく！」
　せっかく注文した宇治抹茶かき氷にほとんど手もつけず、興奮した様子でたずねてくる詩織。
　私は照れくさく思いながらも、こう答える。
「詳しくって言われてもなあ……。まあ、それで明日は一緒に行くことになっててさ」
「まあ、でもやっぱりって感じ！　いつからいつから!?　いつから付き合ってんの!?」
　矢継ぎ早にふたりは仲よくなったきっかけとか、告白したのはどっちからとか……。
　いろいろ細かいことを聞いてきたので、私はとまどいながらも答えられる範囲で答えたのだった。
　そして私がひととおり答え終わると、ふたりは満足げに、少しうっとりした顔をしていた。

「まあ、前にも言ったけど、ふたり仲よかったもんねー。それで猫がきっかけかー。ドラマだねえ」
「そ、そうかな？」
「うんうん、これぞ青春って感じだわー」
なにがドラマでなにが青春なのか、私にはよくわからなかったけど、ふたりが悪い印象を持たなかったようなので、まあよかった。
「それにしてもさー、ふたりお似合いだよね。美男美女カップルって感じで」
「あ、それ思ったー」
「へっ……？　美男美女……？」
中井くんは美男には間違いないけれど。美女とはいったい誰のことを言っているのだろう。
話の展開からすると私しかいないのだが、私はたしかみんなにおそれられるほどのおそろしい外見のはず。
「え、だって桜美女だよー！」
「色白だし、顔立ちもはっきりしてるしね。背もあって、モデルみたい！」
「え、でも少し前まで、私の見た目みんなに怖がられてたのに……」
「いやいや！　たしかに桜は目力ハンパないから、しゃべらないと少し怖く見えるみたいだけどさー！」
「クラスのみんなともしゃべるようになってきてから、男子たちが桜っちのこと“かわいい”とか“美しい”とかって、よく言ってるんだよー」

「えぇぇ!?　そうなの!?」

信じられなくて、今度は私が大きい声をあげてしまう。

そういえば、中学生の時は『桜ちゃんは美人だからねー』とか友達に言われたりしたし、お母さんも『桜はかわいいよ』とよく言ってくれたりしているけど。

今までそう言ってくれたのは、親しい間柄の人だけだったから。私は話半分にしか聞いていなかったのだった。

「そうなんだよー、だからお似合いだよ、中井くんと桜っち」

「……くそう。私の方が先に桜と仲よくなったのに。中井のやつめ……」

嬉しいことを言ってくれる加奈ちゃんに、わざとらしく唇を噛みしめて、悔しそうなそぶりを見せる詩織。

「あはは、なにそれ詩織」

そんな詩織の様子がおもしろくて、私はちょっと笑ってしまった。

すると詩織は大げさに切なそうな顔をし、瞳をうるっとさせて私につめ寄りながら、こう言った。

「でも、今度私たちとも遊んでねー!?　中井くんに私たちの友情は壊させないんだからっ！」

「もちろん！　友情は永遠だから！」

詩織がそう言ってくれるのが嬉しかった。

女の子同士の友情というのは難しいもので、誰かに彼氏ができると、壁ができてしまって、誘いからはずされてしまったり、そういったことがあるようだけど。

ふたりはそんなふうになってしまうタイプではなかった

ので、私は心底安堵した。

　もちろん、ふたりはそういうことを考えるようなタイプじゃないことはわかっていたけど。やっぱり打ち明ける時、少しだけ不安だった。

「ま、それなら明日は中井くんと楽しんできなよー！　私たちはふたりで行くからさ」

「うんうん。花火めっちゃ綺麗だからさー。いいデートになるよ、絶対。明日、ふたりを見かけてもそっとしとくからね！」

「うん。──ありがとう、ふたりとも」

　そう言ってくれるふたりは、私と中井くんとの交際を心から応援（おうえん）してくれているように思えて。

　私はますます明日のお祭りが、楽しみになったのだった。

「桜は背が高いから、おはしょりが短くなっちゃうわねえ」

「おはしょりってなに？」

　聞き慣れない言葉を言ったお母さんに、私はたずねる。

「浴衣（ゆかた）の着丈（きたけ）を調節するために、腰のあたりで少し折らなきゃいけないの。それがおはしょり。短すぎても長すぎてもかっこ悪いのよ。……腰紐の位置を下げればなんとかなりそうねえ」

「ふーん……」

　わかったようなわかんないような。まあ浴衣の着付けの仕方なんてまったく知らないから、お母さんに任せておけば大丈夫だろう。

待ちに待った中井くんとの花火大会、当日。待ち合わせ時間の1時間前、私は自宅でお母さんに浴衣を着付けてもらっていた。

お母さんのお下がりの浴衣は、紺を基調としていて、全体にサクラの花と花弁が散りばめられている、大人っぽいけど華やかさもあるデザインのものだ。

花火大会に友達と行く、と告げたらお母さんがクローゼットから出してくれたのだけれど、ひと目見た瞬間、私は気に入ってしまった。

柄がかわいい上に、私の名前にもなっている花がメインの浴衣。これを着て中井くんと出かけられるなんて、考えただけでもうきうきしてしまう。

「はい、でーきた」

着付けもヘアセットもお母さんに任せ、小一時間されるがままだった私。

すべてを完了させたお母さんに肩をぽんっとたたかれて、私はリビングの隅に立てかけられている姿見に全身を映した。

初めて見る、きちんと浴衣を着た自分。

「お母さん……ありがとう」

見た瞬間自然と口から出たのは、心からのお母さんへの感謝の言葉だった。

それほどまでに、浴衣姿の私は清廉そうな美しさをはなっていた。自分で言うのも、なんだけど。

サイドが編み込まれ、ひとつにまとめられたヘアスタイルは、普段は不機嫌そうな私の顔つきを、涼し気な印象にしてくれていた。

そして透き通った赤色のとんぼ玉のついたかんざしがななめに挿されており、それがアクセントになって華美な雰囲気も醸し出してくれている。

サクラがモチーフの浴衣は、丈も裾も、しっくりいく長さに調整され、まるで私の体に合わせて仕立てられたんじゃないかと思えるほど、私にぴったりだった。

たぶん、ただ適当に着付けただけじゃこんなふうにはならないだろう。

私をよく知っているお母さんが、私がいちばん綺麗に見える着付けと、ヘアスタイルにしてくれたのが、ひと目でわかる。

「えへへー。人に着付けするなんて久しぶりだったからちょっと不安だったけどねー。うまいもんでしょ？」

少し照れながらおどけた様子でお母さんは言ったけど、私は着付けの完成度のあまりの高さに、感極（かんきわ）まっていた。

「うん……！　本当にすごい！　かわいくしてくれてありがとう！」

鏡越しに見えたお母さんの顔がニヤリとした。

「まあ、男の子とデートなんだから。綺麗にしてあげないとって思ってさー」

「……えっ!?」

お母さんの言葉に驚く私。だって、今日はデートだなんて私はひと言も言ってない。友達とお祭りに行く、としか。

「なんで……わかったの？」
　なかばぼうぜんとしながら私が言うと、お母さんはふふん、というような顔をした。
「わかるわよー！　何年桜のお母さんをやってると思ってるのー？　今日の桜の顔見てたら、一発でわかっちゃったわよ」
「嘘……」
　そこまでバレバレだったとは。私は苦笑を浮かべるしかない。
　まあ、お母さんにバレたところでべつにかまわないけれど。そのうち言うつもりではあったし。
「ま、今日の浴衣姿見たら、彼もますます桜のこと好きになっちゃうはずよー。だから自信持ってデートに行ってきなさい」
「――そうかなあ」
　口では謙遜（けんそん）したけれど、お母さんに仕立てられた鏡の中の綺麗な自分を見ると、本当に中井くんが私のことをもっと好きになってくれるんじゃないか、という気がした。
　お母さん、本当にありがとうね。
　そんなふうに、心の中であらためてお母さんに感謝していると。
「桜のお母さんなんだから。わかっちゃうのよ、桜のこと。なにも言わなくてもね」
　すでに私のそばから離れて、着付けで使わなかった小物を片づけているお母さんから聞こえてきたその言葉が、寂しさを帯びていたので私は虚を突かれる。

　――まさか、お母さん。

「気づいてたの……？　学校でのこと……」

　するとお母さんは、片づけの手を止めて私を見て、微笑んだ。ひどく優しい笑みだった。

「桜が気づいてほしくなさそうだから、気づかないふりしてたの。そのうち友達できるよね、って思ってたし。でもね、やっぱりあんまり寂しそうに見えたから、もう直接問いつめて、聞き出そうと思った。辛(つら)い思いをしている桜をほったらかしにし続けるなんて、私にはできないからね。――だけど」

「だけど？」

「そうしようと思った日に、桜、すごく楽しそうな顔をして学校から帰ってきたの。その顔を見て、あ、これならもう大丈夫かなって思えて、やめたの」

「……そう……だったの」

　楽しそうな顔をして帰ってきた日。たぶん、詩織の園芸部の手伝いを初めてして、公園で中井くんにトラ子の里親のことを相談した日のことだろう。

　たしかに、あれ以降は詩織と仲よくなって、加奈ちゃんとも話すようになって。中井くんとの仲もどんどん深まっていって。

　蕾(つぼみ)がほころんで花が咲くように、学校が楽しくなっていった気がする。

「ごめん……言ってなくて。お母さんに心配かけたくなかったんだ」

　お母さんは頬を膨らませて、怒ったような顔をした。半分ふざけているのがわかったけれど。

「なーに言ってんの！　母親は子どもの心配をするのが仕事なの！　私が心配しなきゃ誰が桜の心配するのよ、もう！」

　大げさに、冗談交じりの口調でお母さんは言ったが、その言葉はきっと本心だろう。

　今までだって、お母さんはずっと私を第一に考えてくれていた。

　小学生の時に髪の毛の色で男の子にからかわれた時も、高校受験が不安で落ち込んでいた中学生の時も。悩みを打ち明ける前に、お母さんは私の胸の内をあっさりと暴いた。

　看護師の仕事をしていて、家事もあって毎日忙しいはずなのに。

　そんなお母さんに、私の寂しさを隠しておくなんて無謀だったんだ。結局、心配をかけていたなんて。

　ダメだなあ、私。

「まあ、お母さんはね。桜の顔見てればなにを思ってるのか、わかることが多いけどね。だけど、ほかの人はそうはいかないのよ」

　お母さんは、じっと私を見つめて言った。その顔には微笑みを浮かべていたけど、瞳には真剣(しんけん)な光が宿っていた。

「ほかの人……？」

「友達とか……今日デートする彼とかね。言わなきゃ伝わらないことが、いっぱいあるの。だからちゃんと、自分の想いを伝えないとダメよ」

「自分の想い」

最近、自分でも思ったばっかりだった。

恥ずかしさのあまり、中井くんに本音を言えないことが多々あった。

一緒に花火を見にいけて、ニヤけるほど嬉しいよってことか。

中井くんに好きだって言われたのに、私は中井くんに、ちゃんと『好き』と言えていないこととか。

「ちゃんと言わないとね、大切ななにかを失ったあとでは遅いの」

お母さんのその言葉に、私は重みを感じた。

私のお父さんは、お母さんが私を産んですぐに病死した。私は写真でしか、その顔を知らない。

だけど、お父さんとお母さんが写っている写真は、漏れなくふたりは幸せそうに笑っていて。

ふたりが心から愛しあっていたのが、写真を見ただけで伝わってくるのだった。

最愛の人を失った経験のあるお母さんの言葉は、私の胸の奥の奥まで、深く響いた。

「――うん。そうだね。自分のこと、ちゃんと言葉で伝えなきゃね。私、大事な人にはちゃんと言うよ」

私がうなずきながらそう言うと、お母さんは笑顔になり目尻にシワを刻んだ。

そしてお母さんは、お下がりの下駄とサクラ柄の巾着も用意してくれ、私を笑顔でお祭りへと送り出してくれた。

午後４時45分。

待ち合わせ場所の学校正門前に、約束の時間の５分前に到着した私。

浴衣、変じゃないよね。

襟もとや足もとなどを、ちらちら見ては何度も確認してしまう。

家で鏡越しに全身をチェックした時は、我ながら綺麗だと思ったけれど、なんとなくだんだん不安になってきてしまった。

中井くん、かわいいって思ってくれるかな。

落ち着かない私は、下駄のかかとをこつこつと上げたり下げたりしながら、彼が来るのを待った。

そして、待ち合わせ時間の１分前になった時のこと。

「あれ？」

背後から、聞き覚えのある大好きな声がした。男性にしては少し高めだけど、おだやかな声。

「あ……」

私はなんて言ったらいいかわからず、おずおずと振り返る。するとそこには、紺の浴衣をさらりと着こなした、中井くんが立っていた。

なんとなく、中井くんはＴシャツとジーンズといった、普段着で来るんだと思い込んでいたので、私は驚いてしまった。

　中井くんが着ているのは、不規則な縦縞模様のシンプルな浴衣。帯は黒の単色で、こなれた感じで巻かれている。

　長身の中井くんの浴衣姿は、普段とは違う、どこか大人っぽい色気のようなものを醸し出していて。

　はっきり言って、かっこいい――そういう感想しか、出てこない。

　こんなにかっこいい人が私の彼氏なんて。今さらながら、夢なんじゃないかと頬をつねりたくなる。

　私がなにも言わずに中井くんに見とれていると、彼は少し顔を赤らめながら、私に近寄ってきた。

「一瞬、折原さんじゃないかと思っちゃった……」

「えっ、どういうこと……？」

　あんまりよくない話な気がして、私は顔を曇（くも）らせる。だけど。

「え、いや。綺麗すぎてさ……。あ、いつも綺麗じゃないとか、そういう意味じゃなくて。いつも綺麗なんだけど！　今日は、なんか雰囲気も違っててさ」

　普段はあまり動じることのない中井くんが、慌てている。しかも、私を褒（ほ）めながら。

「なんつーか、その……超（ちょう）かわいいっす」

　私を上目遣いで見ながら、おそるおそるといった様子で彼は言った。

　私はというと、中井くんの言葉が嬉しすぎて、死にそうだ。とめどなく嬉しさがこみ上げてきて、呼吸困難になるんじゃないかというくらい幸せな気分になる。
「よ、よかった……嬉しい、ありがとう」
「こちらこそー。こんなにおめかししてくれて、男冥利(おとこみょうり)に尽(つ)きます」
いつもの中井くんの調子に戻ってきた。だけど、とても嬉しそうに微笑んでいるように見えるのは、私の思い込みじゃないといいな。
そして私は、勇気を振りしぼってこう言った。
「中井くんも。……ゆ、浴衣似合ってて、かっこいいよ」
少し噛んでしまったけど、ちゃんと言えた。中井くんをかっこいいと思っていることを。恥ずかしかったけれど、言えた。
すると中井くんは、瞳を輝かせる。
「え!?　マジかー！　これ、今日のために買いにいったんだけどさー、着てきてよかったわー！」
私の言葉に、素直に喜びを表してくれる中井くん。
ああ。やっぱり好きだな。
あらためてそう感じたけれど、それ以上に深く温かい思いがお腹に生まれたような気がした。
なんだろう。愛しいっていうのかな、こういうの。
生まれて初めて男の子に対して抱いたその感情の正体ははっきりとはわからなかったけれど、私はとりあえずそれを『愛しい』と思うことにした。
「じゃ、行こうか」
中井くんはさり気なくすっと片手を差し出した。私は、ゆっくりと自分の片手を出し、彼の手を握る。

私より、ふた回りくらい大きいけれど、細く長い指の生えた綺麗な手のひら。

なんてあったかいんだろう。

「うんっ……！」

私が弾んだ声で返事をすると、私たちは手をつないだまま、お祭りの会場へと向かったのだった。

中井くんが、コルク銃を構え、ターゲットに狙いを定めるために片目を閉じる。

その横顔はとても真剣そうに見えて、浴衣効果も相まってか、やっぱりかっこいいなあと私は思ってしまう。

それにしても、お祭りの射的って簡単に景品が取れそうに見えるけど、実際にやってみるとどうしてなかなかゲットできないのだろう。

きっと、店主の配置の仕方が絶妙なのだろう。景品に簡単に玉が当たりそうに見えるけど、実際にはそんなことはない……きっと、そんなふうにしているのだ。

「次はぜってー当てて落とす」

中井くんが決意をつぶやいた。

彼が３回目の射的に挑戦(ちょうせん)してるのは、私が『あ、あれトラ子みたいでかわいい』と指さした、猫のぬいぐるみ。

一度失敗した時に、『ありがとう、残念だったねー』と言ったけど、中井くんは『絶対取るから見てて！』と、威勢よく言った。

嬉しかった。私のために、挑(いど)んでくれていて。

でもお金をたくさん使わせるのは悪い気がしたし、次無理だったらあきらめてもらおう。

中井くんが引き金にかけた指に力を入れ始めた。三度目の正直、なるか。

——すると。

パアンという音が鳴った直後、ぬいぐるみがぐらついた。そしてその場でゆらゆらと何度か揺れたあと——。

景品の棚(たな)から、地面へと落下したのだった。

「やった！　ゲット！　折原さん！」

「すごい！　中井くん！　本当にすごい！」

私たちは手を取りあって、その場で軽く跳ねながら喜ぶ。

「すごいね！　ちゃんと真ん中に当たって、落ちたみたいだよー！　……あっ！　え、えーと……」

あまりの嬉しさに興奮してしまったけど、中井くんとかなり密着している状態になっていることに気づいた私は、顔を赤らめて立ちつくした。

このまま抱きついてもおかしくないほどの至近距離。

「あ。うん。そだね」

すると中井くんも気づいたのか、飛び跳ねるのをやめる。そして私から手をぱっと離した。

「げー、これ目玉だったのになあ。もう取られちまった。やるね、にーちゃん」

髪を金色に染めた、射的屋のお兄さんは、苦笑を浮かべながらそう言うと、猫のぬいぐるみを中井くんに渡した。

「はい。折原さん、これ」
　中井くんは満面の笑みを浮かべて、私にそれを渡す。
　トラ柄でふわふわの、背丈20cmほどの猫のぬいぐるみ。少しとぼけたような顔が、本当にトラ子にそっくりだった。
「ありがとう！　大事にする！」
　私は抱きしめるようにぬいぐるみをかかえて、嬉しさを噛みしめる。
　初めての中井くんからのプレゼント。それも、３度も挑戦した射的を成功させて、取ってくれたもの。
　大事にするどころじゃない。もう家宝にして、神棚に飾って、ひ孫の代にまで引きつがせたいです。
　中井くんが聞いたら、大げさだなあと笑って言われそうなことを私がこっそり思っていると。
「ね、次はどこ行く？」
　中井くんが私の手を取り、歩きだした。
　最近、彼は私と手をつなぐのは慣れてきたようで、自然な動作で私の手のひらを握る。
　付き合いたての頃に、初めて手をつないだ時は、彼も「手、いいですか？」とおずおずとたずねてきて、そーっと私の手を取っていた。彼は少し赤面していて、私と同じように彼もドキドキしているようだった。
　しかし、手をつなぐ回数を重ねるにつれ、中井くんは私をリードするように、手を絡めてくるのだった。
　最初の緊張した中井くんの様子も愛しかったけれど、今はとても頼もしくて、かっこよく感じる。

だけど私はいまだにいちいち心臓が高鳴ってしまう。こんなんじゃ私早死にしちゃうんじゃないかなあ。

「う、うん。ちょっと、うろうろしてなにがあるか見ようか」

平静を装ってそう言う。いちいちドキドキしてるなんて知られたら、あきれられるんじゃないだろうか。

「そだねー。俺、縁日(えんにち)来るの久しぶりでさ。いろいろ見たいな」

「あ、私も。子どもの時、お母さんと来た以来かも。昔はなかったようなお店あるかな？」

「よし、じゃいろいろ探してみよ」

「うん！」

そんなことを話しながら、人混みをかき分けてふたりで歩く。

「あ、気をつけてね。折原さん」

そして私が人にぶつかりそうになったり、慣れない下駄にバランスを崩(くず)しそうになったりする度に、中井くんはつないだ手に力をこめて、支えてくれた。

「あ……ありがとう」

そんな些細(ささい)な優しさにも、私はいちいち嬉しくなってしまう。

あーもう。私どれだけ中井くんが好きなんだろ。

そんなことを思いながら歩いていると、ハンドメイドのアクセサリーを置いている出店が見えた。

透き通ったUVレジンにビーズを閉じこめたピアスや、天然石を組みあわせたネックレスなんかが目に入ってきて、どれも美しく、とても興味を引かれた。
「中井くん。あそこのお店、見たい」
「ん？　あ、アクセサリー？　いいよ、見にいこ」
　私が指したお店を見て、中井くんはふたつ返事で誘いに応じてくれた。
　出店だから店舗スペースはそんなに広くはなかったけれど、キラキラしたアクセサリーがたくさん置かれていた。
　どれもかわいくて魅力的で、目移りしてしまう。
「どれがいいかなあ……」
「すごいねー。いろんなのがあるなあ」
「うん、どれもかわいくて迷っちゃうな……」
　でも私の外見的に、残念ながらあんまりキュートなのは似合わない。シンプルだけど、よく見ると手が込んでいる、そんなアクセサリーが欲しかった。
　そんなふうに自分に合ったものを探していると、ひときわ目を引く指輪を見つけた。
　その指輪には、透明のガラスドームがくっつけられていて、中にはサクラのドライフラワーと白いカスミソウ、小さなシルバービーズが封じこめられていた。
　小さなドームの中に作りあげられた、美しい春の世界。見ているだけで、キュンとときめいてしまうほどの美麗な景色がそこにあった。
「ん、これがいいの？　あ、いーじゃん！　折原さん花好きだし！　いつも花のしおり持ち歩いてるもんねー。それに名前と同じサクラが入ってるし、ぴったりじゃん」

「…………」

　私にぴったりという、中井くんの言葉は嬉しかった。だけど。

　あまりにもその指輪がかわいすぎて、私には似合わないんじゃないかと思ってしまった。これはもっとガーリーで、かわいらしい女の子が身につけるものだ。

「んー……。かわいいけど、いいや」

「え？　そうなの……？　なんで？」

　私が苦笑を浮かべて言うと、中井くんは不思議そうに眉をひそめる。

　私に似合わないからなんて言ったらきっと、彼は『そんなことないよ』と言ってくれるだろう。本当に、私に似つかわしいと思ってくれているみたいだったし。

　だけどやっぱり、私がこれを身につけるのは、もったいない気がする。

「うん、いいのいいの！　よく考えたら、私あんまりアクセサリーつけないし」

「そうなの……？」

「うん！　ね、だからもう出よ！」

「折原さんがそう言うなら、まあ俺はいいけど……」

　中井くんはちょっと納得いってないようだったけど、私は彼の浴衣の裾を引っぱって一緒にアクセサリー屋さんから出た。

　うん。これでいいんだ。あのアクセサリーだって、もっと女の子らしい子につけてもらった方が、喜ぶと思うし。

なんて、うしろ向きな考えで無理やり自分を納得させる。
「あ！　悠じゃーん！」
「ほんとだー！」
アクセサリー屋さんから出てすぐに、そんなノリのよさそうな女の子たちの声が聞こえてきた。
声のした方を向くと、ピンクと紫のレースのついた浴衣を着た、華やかな女の子がふたり。私の知らない顔だ。
ふたりは、嬉しそうに笑いながら中井くんの方へと駆けよってきた。
「おー！　みっちゃんにゆかりん！　久しぶりだねー」
中井くんも親しげな笑みを浮かべてふたりに手を振る。そして私に向かってこう言った。
「あ、中学の時に一緒だった子たち。結構仲よかったんだー」
事もなげな口調で言われ、私は小さい声で「ふーん、そうなんだ」としか言えなかった。
「本当に久しぶり！　卒業式以来かなあ。あ、隣の子は彼女？」
ふたりのうちのひとりが、私の顔を覗き込みながら言う。いきなり自分に話が向いて、私は固まってしまう。
「まあ……そんなとこ、です」
中井くんが頬をかきながら、少し照れたようなそぶりでそう言った。
「ふーん、そうなんだ。あ、そういえばさー！　同中の人とはたまに会ってるの？」
「この前みんなで集まろーって連絡したのに、悠来ないんだもーん」

　女の子は私を一瞥したあと、とくに興味はわかなかったようですぐに別の話題へと移した。私がまったくわからないような話題に。

　モテそうな中井くんだから、女の子のどちらか、もしくはふたりともが、中井くんを好きだったらどうしようと思ったけど、この反応を見るとどうやらそれは取り越し苦労だったようだ。

　それはよかったけれど。

「あー、わりぃわりぃ。その日はずせない用事あったんだよー」

「そうなのー？　悠が来なきゃつまんないのにー」

「佐々木(ささき)くんもなんで悠来ねーんだよって愚痴(ぐち)ってたよー」

「え、ささやんが？　マジか、そういえばあいつともしばらく会ってないなー」

　楽しそうに、私の知らない人の話で盛りあがる３人。

　私は思わず１歩下がり、中井くんの陰に隠れるような形になる。

　ななめうしろから見た中井くんは、親しい友達に見せる屈託(くったく)のない微笑みを浮かべていて。

　そしてふたりの女の子も、キャッキャッとかわいらしく笑いながら、女の子らしい仕草で中井くんに絡んでいて。

　中井くんは私を好きだと言ってくれた。きっとそれは本当だと思う。嘘をつくような人ではないし、彼が私を大切にしてくれているのはわかる。

だけど、こういう場面に出くわすと、やっぱり不安になる。中井くんを必要としている人は、たくさんいる。きっと彼のことを好きな女の子だって。

中井くんはモテモテだから、もし中井くんのもとから私がいなくなったとしても、彼は少し落ち込めば、きっと立ち直れてしまうだろう。

だけど私は。

私には、中井くんしかいない。詩織や加奈ちゃんとは仲よくなれたし、彼女らのことももちろん大切だけど、中井くんは私の根っこを支えてくれている存在。

私はきっと、中井くんがいなくなったらすべてがダメになる。二度と立ちあがれなくなるくらいに。

私と中井くんとでは、きっと気持ちの重さがあまりにも違いすぎる。

「あ、私たち彼氏と待ち合わせしてんのー。もう行かなきゃ！」

「グループお祭りデートなんだよん。じゃ、またねー！」

「おー！　またねー！」

しばらく中学時代の話に花を咲かせたあと、ふたりの女の子は中井くんに大きく手を振りながら、去っていった。

明るくて、楽しく会話ができて。本当にかわいい、イマドキの子たち。

きっとああいう子なら、さっき私があきらめたサクラの指輪も似合うのだろう。

「あー、折原さんごめんねー、ちょっと盛りあがっちゃって」

私の方を向いて、屈託なく笑って言う。

きっと、中井くんは私が今抱いている気持ちをまったく理解できないだろう。

もし、中井くんの前で私が彼の知らない友達と盛りあがったとしても、彼はきっとなにも気にしない。

今のように、自分だってそういう状況になったら、そうするのが自然だからだ。

だけど私には、そんな機会は決して訪れない。そして中井くんは、私にそういう機会が訪れないということすら、たぶんわからない。自分とあまりに違いすぎて。

「うん」

私は精いっぱい微笑んで、自分の心の中にある負の感情を、出さないようにする。

しかしうまく笑えていなかったようで、中井くんは不安げに眉をひそめた。

「あ。ごめん、なにか嫌なこと、あった？」

「…………」

中井くんが私の顔を覗き込んで、優しく言う。私はなんて言ったらいいか、しばらくの間言葉が見つからなかった。

「なんにもないよ」

そして意地を張って、そう貫き通す私。声がひどくこわばってしまった。

中井くんは困ったような悲しいような、どっちともつかない顔をしたけれど、なにも言わない。いや、言えないのだ。たぶん。

そのあと、私たちはふたりともお祭りを表面上は楽しんでいるように振る舞ったけれど、一度私たちの間に生まれた微妙な空気が消えることはなくて。

おたがい沈黙(ちんもく)したり、中井くんが気まずそうな顔をしたりする時間が多くなった。

どうしよう。お祭りに来る前、お母さんに言われたのに。

大切な人には、自分の思いをちゃんと言わなきゃいけないって。

だから私は言わなければいけないんだ。あの女の子たちに嫉妬を感じてしまったこと。

中井くんが女の子たちと話している間、疎外感を覚えてしまったこと。

中井くんと私は、交友関係の広さにあまりに落差があるということ。

——思っていることを全部、正直に言わなければならないんだ。

だけどそんな卑屈な感情が私の中にあるなんてこと、惨めすぎて知られたくなかったんだ。

花火がもうすぐ始まる時間となった。私たちは出店が並んでいた場所から少し離れた、神社の前に来ていた。

神社は、数分登った石段の上にあった。高い場所なので、花火が綺麗に見えるらしい。私たち以外にも、花火を見るために集まった人たちが何組かいた。

「足もと、気をつけてね」

中井くんは私を気遣ってそう言った。

境内（けいだい）には砂利が転がっていて、私は何度も足を取られそうになっていた。慣れない下駄を履いているせいもある。

彼は、私の態度があからさまに変わったあとも、変わらず優しかった。

もちろん、なにかは感じているようだったけれど。

わけのわからないことで、不機嫌になる女の子なんて、面倒くさいと思っているかもしれない。

必死にいつもどおり振る舞わなきゃと思うのに、心の中のモヤモヤとした思いはどうしても消えなくて。彼との時間をいつものようには楽しめなかった。

中井くんには、わかってもらわなきゃいけないのに。だけどやっぱり、彼のような人気者に、今の私の胸の内を打ち明けるなんて、できなかった。卑屈になっている自分をさらけ出すなんて、惨めすぎるから。

「あ、俺なんか食べ物買ってくるよー」

「――え」

暗い顔をしている私だったが、中井くんは屈託ない笑みを浮かべてそう言った。

「なんか食べながら見た方が、楽しいじゃん。そういえば俺たち、祭りに来てからわたあめしか食べてないし」

「え、あ……」

「じゃ、行ってくるから。ここで待っててくださいな」

そう言うと、中井くんはすたすたと歩いていってしまった。

ひとり取り残された私。急に、ひどく不安になってくる。

中井くん、私がちゃんと返事をする前に行っちゃった。もしかして、私の態度に怒ってるのかな。

急に不機嫌になって、だんまりになってしまった私。

中井くんにとっては、わけがわからないだろう。怒っても、しょうがないんじゃない？

そう気づいた瞬間、私は泣きそうになる。もう嫌われてしまったかもしれない。

そして泣くのを我慢(がまん)して、しばらくたたずんで待っていると、中井くんが戻ってきた。両手に袋をさげて。

「お待たせー！　とりあえずいっぱい買ってきたよん。花火もう始まっちゃうなあ。石段に座って食べてよっかー」

明るい中井くんの声。怒っているのではと思い込んでいた私は、心底安堵した。出かけていた涙も引っ込む。

「……うん」

彼が座った石段の隣に、私は腰を下ろした。安心はしたけれど、心のモヤモヤはまだ消えない。

自分がなんで落ち込んでしまったのかを言わなきゃならないのに。余計なプライドのせいで、それができない。

「折原さん、まずなに食べたいー？　たこ焼きとかどう？」

「うん、食べる」

中井くんが渡してくれたたこ焼きはできたてのようで、包みは熱々だった。

彼の手もとを見ると、焼きそばや大判焼き、フライドポテトなど、おいしそうな食べ物がたくさんあった。

優しい中井くん。私が急に態度を変えたことで、雰囲気を悪くしてしまったというのに。
「あ！　始まった、花火」
中井くんの声の直後に、夜空に大輪の花が咲いた。私たちがいる石段は、花火見物には特等席だった。正面を見上げるだけで、上がった花火の全体が綺麗に見られる。
「すごい……！　綺麗……！」
鮮やかに光ったかと思うと、儚く散り散りになっていく花火に、私は感嘆の声をあげる。
一瞬心に感じていたわだかまりも忘れて、あまりに美しくまばゆい閃光に見とれた。
「ほんと、めっちゃ綺麗だなー」
そう言った中井くんの横顔は、点滅する花火の光で、時折明るく映し出された。整った横顔は、相変わらず無邪気に笑っていた。
こんなに優しくしてもらっているのに、どうして私はつまんないことでうじうじしてしまうのだろう。
そう思うけど、どうしても暗い気持ちは吹っきれてくれない。
そんな葛藤をしながらも、「今の、おっきかったね」なんて、当たりさわりのない花火の感想を言いながら、私が夜空を眺めていると。
「折原さん」
「え……？」
突然、真剣な声音で名前を呼ばれた。なにかとがめられるのかと思い、私はびくりとしてしまう。
　だけど、待っていたのはまったくの想定外のことだった。
「ちょっと左手、出してくれる？」
「え……う、うん」
　言われるがまま、私はおずおずと彼に向かって左手を差し出した。
　すると彼は、持っていた小さな包みからなにかを取り出して――。
　私の左手の薬指に、それをはめたのだった。
「これ……!?」
　薬指に装着されたそれに、私は驚きの声を漏らした。あまりにも信じられないものだったので、目を疑ってしまう。
「ん、さっき買ってきちゃった」
　軽い口調で中井くんが言った。
　中井くんが私につけてくれたもの――それは。
　さっき店で見つけて、かわいいと思ったけれど、自分には似合わないからと、買うのをあきらめてしまったもの。
　ガラスドームの中に、かわいらしいサクラの情景が封じこめられていた、あの指輪だった。
「どうして……？」
「え、似合ってると思ったから。それに折原さん、めっちゃ気に入ってたし。普段あんまりアクセサリーはつけないからいいって言ってたけど、もう二度とめぐりあえないかもしれないよ？　だからプレゼントしたいなと思ったんだ」
「でも……」

「あ、ごめん。気に入ってたわけじゃなかったのかな？」
　中井くんがバツ悪そうに笑う。
　私は慌てて首を横に振った。
「ち、違う！　嬉しいの！　すごく、欲しかったの！　ありがとう！」
　勢いよく私がそう言うと、中井くんが安堵の笑みを浮かべた。
「あ、それならよかったー。ってか、やっぱりめっちゃ似合うね。折原さんに、それ」
「……！」
　中井くんのまっすぐな言葉に、胸を打たれて息が止まりそうになる。
　私はなんてつまらないことを考えていたのだろう。
　せっかく気に入った指輪を、自分には似合わないと思い込んで。
　こんなにも私を見て、私のことを考えてくれている中井くんの隣で、勝手にうしろ向きなことを考えて、無駄に落ち込んで。
　なんて失礼な子なんだろう。
「折原さん、さっきはごめんね」
「え……？」
　私が言いかけていた言葉だったのに、中井くんの方が発してきたので私は驚いてしまう。
「折原さんの知らない人たちと、知らない話題で盛りあがっちゃって。気分悪いよね、そんなの。……気づかなくてごめん」

　そんな感情、中井くんにはわからないと思っていた。人気者で、友達の多い彼には、私の孤独感なんて、想像すらできないと思っていた。

　でも、彼はわかっていた。私がなにも言っていないのにもかかわらず。

「……違うの。中井くんは悪くないの」

　涙ぐんで声を震わせながら言葉をつむぐ。中井くんは私をじっと見て、聞いてくれている。

「私、中井くんと違って友達も少なくて。この見た目のせいか怖いって敬遠されてるみたいだし、口下手だから、人と打ち解けるのも苦手で……。だから中井くんがいなくなったらどうしよう、中井くんは人気者だから私がいなくても大丈夫なのかな、とか……。中井くんがさっきの子と仲よくしているの見てたら、いろいろ不安になっちゃって」

　夜空には花火がひっきりなしに輝いていた。上がっては消え、また上がっては消える、儚い光。

「私には、中井くんしかいないから……怖くなっちゃって。だから、変な態度になっちゃったの。……本当に、ごめんね」

　自分のうしろ向きな想いを、不安な気持ちを、私はしっかりと言葉にして、中井くんに伝えられた。

　正直な心の内を打ち明けるのは怖かったけれど、中井くんはそれを真剣に聞いてくれていて、嬉しかった。

　お母さん、私ちゃんと言えたよ。

「あー、もう。わかってねーなあ」

　すると中井くんは無邪気に笑って、両手のひらを後頭部につけて、天を仰いだ。

「そりゃね、俺は友達は多いかもしれない。人気者かどうかは知らないけど、楽しい時間を共有できる仲間は、たくさんいるよ。……だけどね」

　一段と大きな花火が夜空を彩った。ザラザラと音を立てながら消えていく、散り散りになった花火の残り火が、夏の夜を切なく演出する。

「俺にだって折原さんしかいないよ。心から好きで、大事にしたくて、ずっと一緒にいたいと思えるのは……折原さんしかいないんだよ」

　私をまっすぐ見つめる中井くん。時折赤や黄色の光に照らされて、普段以上に魅力的に見えてしまう。

　信じられないくらい嬉しい彼の気持ちを聞いたためか、私の瞳からはいつの間にか涙がこぼれていた。

「わ……私も。ずっと、一緒にいたいよ。中井くんと」

　恥ずかしがりながらも、同じ気持ちであることを私は告げる。それを聞いた中井くんは、優しい微笑みを浮かべた。

「なんだろ。なんか、結婚指輪を渡したみたいじゃね？この流れ」

　そして私の手もとを見て、中井くんは言った。たしかに、左手の薬指って婚約指輪とか結婚指輪をはめる指だっけ。

　それがわかった瞬間、恥ずかしいような嬉しいような、浮き足立った感情がこみ上げてきた。

本当に結婚指輪だったらいいのに。そんなことすら、私は思った。
「いつか本物を渡すね」
照れくさそうに、私から目をそらしながら中井くんが言った。
こんなに幸せなことがあっていいのだろうか。
——若い男女のひと夏の思い出。
まだ高校生の中井くんと私の恋は、そんなひと言で片づけられてしまうかもしれない。
だけど私は、10年後も20年後も、中井くんと一緒にいられることを願ってやまなかった。
「この指輪で、十分嬉しいよ」
そして私は、いまだに涙が溜まった顔で笑った。涙のせいで視界が少しゆがんでいる。花火のにじんだ光も、中井くんの照れて笑った顔も、最高に輝いて見えた。
「ねえ、折原さん」
すると中井くんが真剣な声音でたずねてきた。
「なに……？」
「あの……桜って呼んでいい……ですか？」
珍しく、自信なさげに中井くんが聞いてくる。想像もしていなかったことだったので、私は一瞬虚を突かれて目を見開いてしまった。
しかし、すぐに私は嬉しくなって、微笑んでしまう。
「……はい。もちろんです」
「よっしゃ……！　あ。じゃあ俺のこと、悠って呼んでくれる……？」

「え……うん。急には難しいかも、だけど……」

ずっと中井くんって呼んでいたから、もうその習慣が染みついてしまっている。

大好きな彼を名前で呼べるのは嬉しいけれど、しばらく間違ってしまいそうだ。

「えー、なるべく早く慣れてね、桜？」

桜。

大好きな声で初めて呼ばれた、自分の名前。それは今左手につけている指輪のモチーフにもなっている、花の名前。

結婚指輪もどきと、同じ私の名前。自分が桜という名前で、心からよかったと私は思えた。

「が、がんばる……」

「あはは、がんばれ。……ねえ、桜」

中井くんが私の顔を覗き込む。その距離がやけに近い気がして、心臓が高鳴るのを感じた。

「大好きだよ」

はっきりとそう言った中井くんの顔は、花火の明かりに照らされて神秘的に光っていた。

「私も……だ、大好き……です」

勇気を出してつむいだ言葉は、少したどたどしくなってしまったけれど、私はやっと自分の深い思いを、声に出して伝えることができた。

本当に心から。世界中の誰よりも。

——大好きです。

中井くんは、どこか切なげに微笑むと、私の頬にそっと手を添えた。そしてさらにゆっくりと、私に顔を近づけてきた。

横目に一段と大きな花火が咲いたのが見えた。きっと今日の目玉である花火だろう。赤や黄色、青の閃光がまぶしかった。

そんな花火の光の中で、私たちは初めてのキスをした。

唇から感じたのは、熱くて、優しくて、幸せなぬくもりだった。

「大好きだよ」と言ってくれた中井くんの想いが、唇を通して私へとどんどん伝わってくる。

「ずっと一緒にいよう」

口づけを終えたあと、中井くんが私の手を握り、サクラの指輪を指でなでながら言った。

「うん……！」

私は喜びと幸せをこれでもかというほど噛みしめながら、深く同意したのだった。

消えてしまった想い

夏休みの間、私と中井くん……じゃなかった、悠は一緒に過ごす日が多かった。

図書館で一緒に宿題をしたり、お弁当を作って動物園や大きな公園へ行ったり、電車に乗って少し遠くの海へ行ったり。

私たちはケンカをすることもなく、おだやかに仲よく、夏休みを満喫した。

お盆休み中は、親戚の家に行くとのことで、悠とは会えなかったけれど。

昔から毎年家族で遊びにいくのが彼のお盆休みの定番らしい。なんでも、仲のいいいとこがいるとか。

まあたった数日間だし……とお盆休みが始まる前はタカをくくっていたが、思ったより寂しさを感じて、やけに長い数日間だった。

まあ、そんなふうに思っていたことは悠には内緒だけれどね。

そんなわけで、お盆休み以外は悠と毎日のように過ごした、夏休み。

ずっとずっと、この先何年も。悠とこんなふうに、のんびりと過ごせればいいな。

ずっと一緒にいようという、花火の前での誓いが守られればいいな。

きっとそれが私の一番の幸せだ。

そんな想いを抱いているうちに、私の高校１年生の夏休みは終了した。

「はー、食った食ったー」

　お弁当をすべて食べ終えた悠が、空に向かってのびをした。９月になったけれど、校舎の屋上はまだ蒸し暑い。だけど、時折吹くそよ風が涼しくて、秋の匂いを運んでくれていた。

　二学期が始まって、１週間あまりたった。

　いつもは詩織や加奈ちゃんと過ごすお昼休みだけれど、今日は詩織は園芸部、加奈ちゃんは文芸部の集まりへと行ってしまった。

　10月に開催（かいさい）される文化祭の準備のため、文化系の部員たちは、二学期早々から忙しい日々を送っているようだ。

　そういうわけで、今日は悠とふたりでお昼休みを過ごすことになったのだ。

　ふたりで向かった屋上は、まだ暑いせいか人もまばらで、私の知り合いはもちろんのこと、悠の友達もいなかった。

　だから私たちは人の目を気にせずに、のんびりと過ごすことができた。

「ごめんね、多かった？」

「いやいや、桜のお弁当、全部おいしかったよ。これならいくらでも食べれそうだわ、マジで」

　悠が満腹感をあまりにも全面に押し出しているので、不安になってたずねたけれど、彼はいつものように嬉しいことを言ってくれる。

　今日は予め昼休みを悠と過ごすことがわかっていたので、私は自分の分と彼の分のふたつ、お弁当を用意したのだ。

——まあ、用意したと言っても、自分で作ったのは一部だけどね。

「あ、でもごめん。私が作ったの、卵焼きだけだよ。あとはお母さん作」

バツ悪く笑って、彼に真実を伝える私。

卵焼きもだいぶ形よく作れるようになったけれど、まだほかのおかずを作る余裕はなかった。

「え、そうだったの？　でも卵焼きがいちばんうまかったよー」

「えー？　嘘だー。お母さんが作ったおかずの方が絶対おいしいはずだよー」

「いやマジでほんとだから。たぶん桜の愛情がハンパなくつまってるから」

なにげない口調で、とんでもないことを悠は言ってのける。いつもそうだ。

悠は、私が嬉しくて飛びあがりそうになるほどの言葉を、しょっちゅう与えてくれる。

「そ、そうかなあ？　まあ、悠がそう思ってくれるんなら、いいけど……」

かくいう私は、恥じらいが邪魔をして無難な答えしかいつも返せない。まあ、これでも以前よりはだいぶ素直になれた……とは思う。

「うん、また食べたいな。卵焼き」

私の顔を覗き込むように見つめて、素直にそう言う悠は、相変わらずまぶしくて。

「あれくらいなら、い、いくらでも作るよっ……」

　私はますます、彼に深く強く恋をしてしまうのだ。

「ん、ありがとね」

　悠はくしゃっと微笑んだら、またのびをして大あくびをした。

　満腹になったせいもあり、眠気が襲ってきたようだった。

「ごめん、眠くなっちゃった。俺ちょっと寝ようかな」

「え、ここで？」

「うん」

　寝るのはかまわないけれど、ここは屋上の固いコンクリートの上だ。寝心地はあまりよくないように思える。

　それなのに、寝るの？と、私が不審がっていると。

「桜、ちょっと膝(ひざ)貸して」

「えっ……」

　急な予想外のお願いに、とまどってしまう。しかし悠はそんな私にはおかまいなしで、私の膝の上に頭を乗せて、寝そべった。

「うん、いい感じー」

　上目遣いで私を見て悠はそう言うと、そのまま目を閉じてしまった。

　これって、膝枕(まくら)っていうやつじゃん……。いきなりそんなレベルの高いことを要求されても、どう反応していいかわからない。

　まあ、私が反応する前に、悠はそれを実行してしまったのだけれど。

　もちろん、嫌ではないけれど。

　むしろ、私の膝の上で安心しきっている悠の表情を見ると、嬉しささえ覚えるけれど。

　だけど、屋上にいるほかの生徒たちにちらちら見られて、少し恥ずかしい。いくら知らない人たちとはいえ。

「あー、やっぱりねむー。ごめん、本当に寝るね」

「え、あー……うん」

　悠がだるそうにそう言うので、私はもう了承することしかできなかった。

　そしてそのあとすぐに、悠が規則正しい寝息を立て始める。本当に眠りに入ってしまったらしい。よくこんなところで寝れるなあと、私は感心してしまう。

　――それにしても。

　まつげ長いなあ。肌も綺麗で、シミひとつない。黒い髪の毛だって、艶やかでサラサラとしている。ひとつひとつのパーツが、大抵の女子は太刀(たち)打ちできないほど美しい。

　悠は非の打ちどころのない美少年だ。彼の寝顔を見て、あらためてそう思わされる。

　しかし、私には少し心配なことがあった。そしてその心配事は、たった今の悠の行動でさらに深みを増した。

　最近、授業中によく悠は寝る。１学期の頃から、居眠りしている姿はよく見かけていたけれど、最近その頻度の増加が著しい。

　それに、常になんだかだるそうに見えるし、顔色も少し白っぽい。言葉の節々から、覇気も感じられない気がする。
　今だって、膝を貸したらほとんど一瞬で悠は眠りについてしまったし。
　先日、『最近具合悪そうだから、一度病院へ行ったら？』と彼に提案したのだけれど。
　『ただの夏休みのボケだから、大丈夫ー』と軽くあしらわれてしまったのだった。
　まあ、本当にそれならべつにいいのだけれど。それにしては睡眠のリズムがちょっとおかしい気がする。
　なにかの病気じゃなきゃいいけど。
「夏休み明けで、ちょっと疲れてるだけ……だよね？」
　私はスヤスヤと気持ちよさそうに眠る、美しい悠の顔を見つめながら、自分に言い聞かせるようにそうつぶやいたのだった。

＊＊＊

　桜と一緒に下校し、自宅に到着して中に入ると、靴も脱いでいない俺の足もとにトラ子がすり寄ってきた。
「ただいま、トラ子」
　喉もとをなでるとゴロゴロと音を鳴らす。
　毎日のことだけど、とてもかわいらしくて毎回愛しさがわきあがってくる。
　俺にとっては愛のキューピットであるトラ子。もちろんトラ子自体もかわいく愛しいが、見る度にこの深い愛情を感じるわけは、トラ子の顔に桜が重なるからだろう。

トラ子をひととおりなでたあと、玄関に見慣れない靴が２足あることに俺は気づいた。

大人の女性物らしきパンプスと、ティーンの女の子が履いているようなデザインのかわいらしいサンダル。それを見て俺は、お客さんが誰なのかを察した。

「ただいま」

リビングに入りながらそう言うと、お客さんのうちのティーンの方が、俺の顔を見て瞳を輝かせる。

「おかえりなさい！　悠」

そしてパタパタと駆け足で俺に近寄り、今にも抱きついてきそうなくらいの至近距離で、かわいらしく言う。

思ったとおり、来客は隣の市に住む叔母さんと、同い年のいとこの美香だった。

電車でふた駅のところに住んでいることもあって、幼少の頃からよく一緒に遊んだ。

リビングにいたのは、母さんと叔母さんと、美香の３人だった。弟の奏の姿はない。いつものように友人宅にでも遊びにいっているのだろう。

「あらー、相変わらず美香ちゃんは悠が好きねえ」

叔母さんと一緒にダイニングテーブルについて紅茶をすすっている母さんが、茶化すように言う。

そして叔母さんも、微笑ましいといった様子で俺たちを見ていた。

「だって夏休み、ちょっとしか会えなかったんだもん。いつもはもっと長い期間、うちに泊まってくれるのにさあ」
かわいらしく美香は口を尖らせる。俺は苦笑を浮かべた。
美香は物心ついた頃から、どうやら俺のことが好きだったらしい。
天然の巻き毛を高い位置でツインテールにし、長いまつ毛と大きく黒目がちの瞳は、まるで人形のように愛らしい。
とくに彼女や好きな人がいなかった俺にとって、こんなにかわいいいとこからの好意に悪い気なんてしなかった。
でも彼女に対して恋心を抱いているわけではなかったので、今まではあいまいな対応でなんとなくやり過ごしていたのだった。
そう、今までは。
でも今はそうはいかない。俺には桜がいるのだから。
美香には、早いうちにちゃんとそのことを伝えなきゃいけない。期待させては、かわいそうだ。
俺がそんなことを考えていると――。
「あ、そうそう！　この前言ってたバッグ、あんたにあげるわー」
「え、ほんと!?　お姉ちゃんありがとう」
母さんが自分の妹である叔母さんに、そんなことを言った。叔母さんは嬉々とした面持ちになる。
「ほかにもあげられそうなものあるから、寝室のクローゼット見にいきましょうよ」
「やったー！　ラッキー」
そしてふたりはそんな会話をしながら、リビングから出ていってしまった。

リビングに、美香とふたりきりで取り残される俺。先ほどの決意を、実行に移すタイミングが思いのほか早くきてしまって、俺は緊張する。

「ねえねえ、悠。今度ふたりで遊びにいこうよー！　最近デート、してないじゃんか」

もちろんそんな俺の思惑なんて知るよしもない美香は、うきうきとした表情で俺にそうたずねてきた。

デート、か。少し前までは美香に誘われて流されるまま、ふたりで一緒に出かけたものだ。

素直に俺に甘(あま)えてくる美香は、妹のようにかわいくて、彼女と出かけるのはそれなりに楽しかったと思う。

だけどもう俺は、美香とデートには行けない。

美香だけじゃない。ほかの女の子とも。桜以外の、誰とも。

いまだにリビングの入口に立っていた俺は、その前に立ちふさがる美香をすり抜けるように歩き、ソファへと腰を下ろした。

「悠？」

美香の声に不安げな気配が混じる。いつもと違う俺の態度に、不審さを感じたようだった。

「俺はもう美香とふたりでは遊べないよ」

慌てた様子で俺の隣に座ってきた美香の方は見ずに、俺ははっきりとそう告げた。

「ど、どうして……!?」

激しく動揺しているような美香の声。ずっと慕ってくれていたいとこを突きはなすのは心が痛む。

——だけど、ここで言わなければ。あとあと余計に美香を悲しませてしまうことになる。

「彼女がいるんだ。だから、もうほかの女の子とはふたりでは、遊ばない」

美香にとっては残酷な真実を、俺は端的(たんてき)に説明した。

「彼女!?　悠に!?　そんなの、私聞いてないよ！」

「……ごめん。夏休みに会った時に言おうと思ってたんだけど、ふたりで話す機会がなくて。……でも早めに言わなきゃって、思ってて」

「嫌だ！　そんなの！　私は嫌！」

怒りやら悲しみやらが入り交じっているような、美香の悲痛な声。

聞いていて辛いものがある。しかし、ここで俺が彼女に一時的に優しくしたところで、なんの意味もない。

「美香」

「そんなの私認めないから！　だって、私小さい頃から、もう10年以上も悠のことが好きなんだよ!?　そんなちょっとの時間悠を好きになったくらいの女の子になんて、絶対負けないのに！」

だんだん涙声になりながら、美香は必死に俺への想いを主張する。俺はその顔を見ることはできなかった。うつむいて、自分の膝もとを眺めていた。

美香の痛々しい表情を見たら、同情して優しいことを言ってしまいそうで。

「ごめん……俺は今まで一度も、美香を異性として意識したことはない。妹みたいでかわいいなって、思ってはいたけど」

うつむいたまま、淡々とそう告げると、美香はしばし無言になった。あきらめてくれたのだろうか。俺は早々に肩の荷が下りた気分になった。

「悠はその人のこと……好き？」

沈黙が俺たちの間に流れてからしばらくして、美香の低い声が聞こえてきた。

「好きだよ」

そしてはっきりと、揺るぎない気持ちを俺は発する。

「彼女も、悠のこと好きかな？」

「そう言ってくれてはいるよ」

美香の問いかけの答えは、俺の中にはない。だけど嘘をつくことが苦手で素直な桜のことを、俺は信じていた。それだけで俺には十分なんだ。

だからもう、俺の気持ちが美香に向くことは決してない。早々にあきらめてほしかった。その方がおたがいのためになるから。

美香はかわいいから、俺にこだわらなくてもいい人がきっとすぐに見つかるはず。

しかし、俺がそんなことを考えていると。

「でもさ。彼女は知らないんでしょ？」

「――なにが？」

「悠の体のこと」
　まったく想像していなかった美香の言葉に、俺は息が止まりそうになるくらいに驚いた。
　思わず顔を上げて美香の方を見る。彼女は涙ぐみ、悲しそうに微笑んでいた。
　すべてを悟っているような顔。
　俺の体のことは、母さん父さんと、親戚でも一部の大人しか知らないはずなのに。奏にもまだ言っていない。
「なんで。なんで美香が、そのことを知って……」
「伯母（おば）さんとうちのお母さんが話してるの、こっそり聞いちゃったの」
「……マジかよ」
　俺は頭をかかえて、自分の膝の上に肘をつく。美香には知られたくなかった。いや、美香だけじゃない。
　必要以上に誰にも知られたくなんてない。俺を保護する義務がある大人たちは仕方がないけれど。
　同世代の人に、心配されたり、同情されたり、哀れみの目で見られるのはごめんだったんだ。
「ねえ、悠。彼女さんは知らないんでしょ？　悠の体のこと」
「知らないよ」
　消え入りそうな声で俺は言う。そう、まだ桜は俺の体になにが起こっているかを知らない。
　最近の俺の様子を見て、なんらかの異変が起こっているんじゃないかとは疑っているようだったけれど。
「彼女さんは、悠の体のことを知ったら、きっと離れていくよ」

美香が突きつけた言葉は、俺が近頃抱いている不安だった。考えるだけで、怖くて怖くてたまらない事柄。

だけど俺はいずれ、それも早いうちに桜に真実を告げなければならないのだ。もうその時は迫っているのだから。

たとえ桜が俺と離れることになったとしても。だって、俺が桜の立場だったら、大切な人に起こっていることは、知っておきたい。

だから言わなければならない。——だけど。

なかなか決断ができなかった。桜と一緒にいる時間が楽しすぎて、幸せすぎて。

一秒でも長く彼女と一緒にいたい。だけど、彼女が去ってしまう結果になるかもしれないことを、俺は早く伝えなければならない。

——最近はその板挟みに、俺はひどく苦しんでいたのだった。

「私は絶対に悠から離れない。この先なにがあったとしてもね」

悲しそうに笑いながらも、美香がはっきりとそう言った。その言葉には、固い決意がこめられているのが俺には感じられた。

俺はうつむいたまま、なにも言うことができなかった。

＊＊＊

日差しが強くて私は木陰に隠れた。９月もなかばになったというのに、相変わらず暑い日が続いている。

――まだかなあ、悠。

土曜日の今日は、週明けに提出の生物のレポートを図書館で悠と一緒にやる予定だった。

お昼ご飯を家で済ませてから、午後１時半に図書館前で待ち合わせの約束だったのだけれど、現在はすでに13時40分。

悠はいつも、待ち合わせの時間の少し前かほぼぴったりに到着する。遅刻したことなんて、今までになかった。

なにかあったのかなあ。寝坊？　途中で忘れ物に気づいて取りにいったとか？

スマホで『どうしたの？』とメッセージも送ってみたけれど、既読にならなかった。

まあ、まだ10分遅れているだけだし、もう少し待ってみようかな。

と、最初はのんびり構えていた私だったが、その後も時間が過ぎ、午後２時を回った頃にはさすがに不安になった。

本当に、なにかあったのかもしれない。連絡もなしに30分も遅刻するような人じゃない。

スマホの時計が“14時05分”を表示した時、私は悠に電話をかけた。しつこくコールしたけれど、悠は出ず留守番電話につながってしまう。

本当にどうしたんだろう。私は一度電話を切り、再度悠に電話をした。

すると、何度も発信音を聞き、またつながらないか……とあきらめかけた時、電話がつながった。

私は一瞬ほっとしたけれど、電話先から聞こえたのは予想外の声だった。

『——もしもし？』

不安そうにそう言ったのは、上品そうな女性の声だった。おそらくお母さんくらいの年代の人だろう。

かけ間違えたのかと思ってスマホの画面を見たけれど、表示されている名前は悠だった。

「あ、あの……中井悠くんの、電話ですよね……？」

おそるおそるたずねると、ややあってから女性がこう答えた。

『——ええ。私は悠の母です。あなたは悠のお友達？』

少し震えたような声に聞こえた。

私の中の不安が増大する。

本人ではなくて、お母さんが彼のスマホを使って電話に出る状況。そしてお母さんの不安そうな声音。嫌な予感しかしない。

「は、はい！　悠くんとは、待ち合わせをしてて……。あ、あの！　悠くんになにかあったんですか!?」

恐怖に押しつぶされそうになりながらも、私は必死に悠のお母さんにたずねる。

そんな私の問いに対する返答は。

『……落ち着いて聞いてね。悠が交通事故に遭って、救急車で病院に運ばれたの』

想像を遥(はる)かに超(こ)えていた、ただごとではない事実。瞬時に頭が真っ白になる。

——悠が？　悠が、交通事故？　救急車で病院に運ばれたって？

嘘でしょ？

『怪我の状況はまだ私たちにもよくわからないの。今は手術を受けているわ』

あまりにもショックでぼうぜんとする私に、彼のお母さんは説明する。淡々と冷静に話しているように聞こえたが、ところどころ声が震えているのがわかり、彼女からも動揺の気配が感じられた。

「どこ……なんですか？」

『え？』

「悠が運ばれたっていう病院……どこなんですか？」

卒倒(そっとう)しそうになるのを堪えて、私はなんとか彼のお母さんにそう質問した。

悠が大怪我をしているのなら、行かなければ。ちゃんと近くで見守って、応援しなきゃ。

『大泉(おおいずみ)中央病院よ。——でも、悠は今手術を受けているから、せっかく来てもらっても、会うことは……』

「いいんです！　近くにいたいんです！」

悠のお母さんの言葉になかばかぶせるように、私は早口で言った。

「とにかくすぐに向かいますから！」

『え!?　あ、ちょっ……』

電話口からなにか聞こえてきたような気がしたけれど、気にしている時間がもったいない。

私は急いで電話を切って、駆け足で大泉中央病院へと向かった。

病院へ向かっている途中、ポケットに入れていたスマホが震えた。悠のお母さんからの連絡かもしれないと思って画面を見たけれど、詩織からの着信だった。

詩織には、状況を説明しておいた方がいい気がする。私は走りながら、通話ボタンを押した。

『あ、桜ー？　生物のレポートのことで質問なんだけど』

「ごめん！　今それどころじゃなくて！」

当然だけれど、この危機的な状況を知らずにのんびりと話し始めた詩織。私は早口でそれを遮る。

『え？　どうしたの……？』

「悠が！　交通事故に！　今、病院に向かっているの！」

『ええ!?　事故!?　大丈夫なの!?』

「わかんない！　とりあえず、向かっ、てる！」

走りながらなので、息を切らしながらの言葉になってしまった。肺が苦しいけれど、私はできるだけ短い言葉で簡潔に伝えた。

『な、なんかまだよくわかんないけど！　とにかく状況がちゃんとわかったら教えてね！　わたしができることならなんでもするから！』

しっかりとした口調で、頼もしいことを言ってくれる詩織。ほんの少しだけど、抱いていた不安が解消される。

「あり、がとう！　じゃ、またね！」

荒く呼吸をしながら、たどたどしく心からのお礼を言って、私は詩織との通話を切る。その直後、ちょうど病院の入口へと着いた。

そして通話を切った時に、スマホの画面にはメッセージが表示された。差出人は悠から。

『３階の集中治療室前にいます』

状況とメッセージの内容的に考えると、悠のお母さんが送信してくれたものだろう。

私は病院内を駆け足で移動し、３階へと向かった。途中看護師さんに睨まれたけれど、気にしている余裕なんてなかった。

そしてたどり着いた集中治療室前のベンチには、40代前半くらいの女性が座っていた。

長い髪を綺麗に巻いていて、アンサンブルにシフォンスカートを着た上品そうな美しい女性だった。

大きな目が悠にとてもよく似ている。一瞬で、彼の母親であることがわかる。

「あの……」

彼女は突然現れた私をじっと見ていたが、私が口を開くと、疲れた顔をぎこちない笑みへと変えた。

「折原さん……？　悠のために来てくれて、ありがとう」

こんな状況にもかかわらず、悠のお母さんは落ち着いた声音で私に感謝の意を表す。しかしその顔色の悪さが、彼女の疲労感を物語っていた。
「は、はい！　あの、それで悠……悠くんの状態は……」
「さっき無事手術は終わったところなの。左脚の脛を骨折したものの傷も軽くて、命に別状はないそうよ。先生も大丈夫だって。ただ、後遺症が残るかどうかは、今の時点ではまだはっきりしないそうだけれど」
　手術が無事終了。命に別状はない。先生も大丈夫と言っている。
「よかったあ……」
　希望を感じる言葉ばかりで、緊張の糸が一気に解けた。
　あまりにも深い安堵感がわきあがり、力が抜けた私はその場にへたり込んでしまう。
「あらあら、大丈夫？　こっちへ来て、一緒に座らない？」
「は、はい」
　そんな私を見て、悠のお母さんは優しく言ってくれた。私はその言葉に従い、彼女の隣に腰を下ろす。
「まだ麻酔が効いてるせいか意識が戻らなくてね。先生は数時間で戻るっておっしゃっていたんだけど。だから今は悠が目覚めるのを待っているのよ」
「私も一緒に待たせてください！」
　一刻も早く悠に会いたい。おそらく大丈夫だそうだが、彼と話をして早くそれをこの目で確かめたい。
「悠が起きるのに何時間かかるかわからないけれど……いいの？」
「いいんです。ここで待たせてください」

悠のお母さんの問いに、私は迷わずにきっぱりと答えた。すると彼女は、嬉しそうに微笑んだ。瞳が少し潤(うる)んでいるようにも見えた。
「こんなかわいい子に、ここまで心配してもらえるなんて。悠は幸せ者だわ」
感激したように言った悠のお母さんだったが、心を揺さぶられたのは私の方だった。
大人たちからウケの悪い外見の私に対して、悪い感情をいっさい抱いていないように見えたのだ。
緊急事態であるせいもあるかもしれないけれど、彼女の態度は、私を悠の仲のいい友人として、好意的に見てくれているのがわかる。
見た目を気にせずに、私の内面を決めつけない悠のお母さん。やっぱり、優しい彼の母親なんだなと、私は深く納得したのだった。
「私、折原桜って言います。悠くんとは、普段仲よくさせていただいています」
「桜ちゃんね。かわいくて綺麗な名前ね。いつも悠と仲よくしてくれてありがとう。これからも、悠のこと、よろしくね」
「もちろんです……！」
そんなこと、こちらの方からお願いしたい。この先ずっと、何年も、何十年先も、私は悠と一緒にいたいのだから。
ずっと一緒にいようって、花火の前で約束したのだから。
その後、悠が目覚めるのを待つ間、私は悠のお母さんとたくさん話をした。

悠は、道路に飛び出してきた子どもをかばおうとして、軽自動車にぶつかってしまったそうだ。先ほど子どもの両親が、土下座をする勢いで謝罪をしにきたとか。

事故に遭った理由も悠らしいし、「子どもが助かったんなら、なによりよね」と、おだやかに言う悠のお母さんも、悠のお母さんらしかった。

事故の直前、きっと弟のことが悠の頭をよぎったんだと思う。

そしてお母さんは、悠には小6の弟、奏くんがいることや、奏くんが今日は習い事のプールの合宿へ行っていることなどを話してくれた。

お兄ちゃんのことが大好きな子で、事故のことを聞いたら動揺してしまうだろうから、合宿から帰ってきたら伝えるそうだ。

また、悠のお父さんも、たまたま出張中で現在は北海道にいるらしい。仕事を切りあげて、急いで飛行機でこちらまで戻ってくるとのことだ。

さらに、悠の小さい頃の話を教えてくれた。

人一倍泣き虫で甘えん坊だったこと。友達にいじめられて泣いて帰ってきた日は、飼っていた猫を抱きしめて一緒に寝ていたこと。

そしていつも自分よりも人のことを優先する、誰よりも優しい子だったこと。

「男の子だし、ここ数年は家での口数は減っちゃったから、学校での様子はよく知らないんだけどね」
「悠くんは……とっても優しいですよ。昔と変わっていないと思います」
トラ子の飼い主が見つからなくて困っていた時に、一緒に世話をしてくれた。
私が財布を盗んだ犯人だと決めつけられた時に、私をいっさい疑うことなく信じてかばってくれた。
トラ子がひどい怪我をしておろおろする私に、適切な指示をしてくれた。
そして、私に“恋”という甘い幸せをくれた。
私はこの短期間で、何度悠の優しさに救われたのだろう。
「――ありがとう。桜ちゃん」
「いえ……」
お礼を言いたいのは私の方だった。私は悠がいなかったらきっといまだに、たまに詩織と話す以外は孤独に過ごすことしかできなかっただろう。
――悠のお母さんと私はいろいろ話をし、だいぶ打ち解けられたのだけれど。
病院の廊下に掛けられていた時計を確認すると、午後6時半。私が病院に着いてから4時間以上がたち、窓の外はすっかり暗くなっているというのに、いまだに悠は目覚めていなかった。
「なかなか起きないわね、悠」
「……そうですね」
「先生の話では、数時間たてば目を覚ますとのことだったけれど……」

不安げな悠のお母さんの言葉に重なるように、パタパタと慌ただしい足音が病院の廊下に響きわたった。足音はどんどん大きくなり、それを鳴らしていたらしい主が私たちの眼前に現れた。

「お母さん！　悠は!?　大丈夫なのか!?」

低い声で心配そうにたずねたのは、ビジネススーツをきっちりと着こなした、長身の中年男性だった。綺麗に通った鼻筋と、形のいい唇が悠にそっくりだった。彼の父親であることは、一目瞭然だった。

「――おかえりなさい、お父さん。さっきスマホに送ったとおりよ。手術は無事終わったけれど、まだ悠の目は覚めなくて……」

「そうか……。まあ、命に別状がないだけ、よかったよ。そのうち目を覚ますだろう」

悠のお母さんとそんな会話をしながら、彼女の隣に腰を下ろす悠のお父さん。そして私の方をちらりと見たので、その拍子(ひょうし)に目が合ってしまう。

彼は私を不審な存在……とまでは思っていないようだったけれど、不思議そうに見ていた。

息子の一大事にそばにいる女の子。父親にとっては、気になるだろう。

「――ああ。こちらは折原桜さん。悠が心配で来てくれた、お友達よ」

「こ、こんばんは」

自己紹介する前に、悠のお母さんが私の素性を説明してくれたので、慌てて挨拶すると、悠のお父さんの表情が一気にやわらいだ。
「こんばんは。悠の父親です。そうですか。息子を心配してくれて、ありがとう」
そして私に笑顔を向けながら、親しげにそう言ってくれた。――お母さんと同じで、お父さんも私の見た目をいっさい気にしていない。
いいご両親に育てられたんだね、悠。
と、私がいまだ目覚めない悠に思いを馳せていると。
「しかし、まだ起きる気配はないようだね、お母さん」
「そうね。目が覚めたら知らせてくれるそうだけど、まだなにもないから」
「それなら、桜さんは一度おうちへ帰った方がいいんじゃないかい？　もう外も暗くなってきたし、悠が目を覚ますのを待っていたら、何時になるかわからない。これ以上遅くなると、家の人も心配するだろう」
悠のお父さんの優しい気遣いが、伝わってきた。悠のお母さんも、心配そうに私を見ている。
「え……で、でも……。私、悠くんが起きる時に、一緒にいたくて」
ふたりの優しさは嬉しかったけれど、大変な目に遭っている悠のそばにいたかった。
そして彼が目を覚ました瞬間、そばにいて笑顔で迎えてあげたかった。

「——桜ちゃん。悠の怪我は先生も大丈夫だっておっしゃってたし、それに私、悠になにかあればあなたに逐一連絡するわ。だから本当に帰った方がいいわよ。うちの息子のために、よそ様の娘(むすめ)さんを遅くまでここに引きとめておくわけには行かないもの」

私を諭すようなおだやかな口調だったけれど、悠のお母さんの言葉には、強い想いがこめられているのを感じた。

たしかに、いつ悠の目が覚めるかはわからない。もしかしたら、日付をまたいでしまう可能性だってある。さすがにそんな時間まで、家族ではない私がここにいるわけにはいかない。

幸いにも、怪我の具合はそこまで心配ないようだし。

それにお父さんとお母さんのふたりで、話したいこともあるだろう。

私がいては都合が悪いこともあるかもしれない。

大切な人の家族に、迷惑をかけちゃいけないよね。

「わかりました。私はいったん家へ帰ります。連絡先を交換していただけますか？」

「もちろんよ。なにかあれば、すぐにあなたに連絡するわ」

こうして私は、悠のお母さんと連絡先を交換したあと、重い足取りで帰路に着いた。

お母さんは夜勤で不在だったので、家に帰ると、私は悠のことをぼんやり考えながらひとりで冷蔵庫に入っていた夕飯を食べた。

食欲なんて、ほとんどわかなかったので、少し箸をつけただけで残してしまったけれど。

入浴後、布団に潜(もぐ)り込んだけれど、眠気はまったく訪れない。こんな状況で眠れるはずなんてない。

そして私はその夜、一睡もできなかった。

悠のお母さんからは、朝までなんの連絡もなかった。

悠のことが気になって眠れないとはいえ、さすがに朝になると少しうとうとしてきた。

夜勤から帰ってきたお母さんが、お風呂(ふろ)に入ったり髪を乾かしたりする音をぼんやりと聞きながら、布団の中でぼーっとまどろむ私。

――すると。

枕もとに置いておいたスマホが、メッセージを受信した音を鳴らした。それを聞いた瞬間、眠気が一気に吹き飛ぶ。

私はがばっと急いで身を起こすと、素早くスマホの画面をタップし、メッセージの内容を確認する。

差出人は、想像どおり悠のお母さん。そして、メッセージの内容は――。

『悠、1時間ほど前に目を覚ましました。少し混乱しているようだけど、しっかり会話ができています。念のためこれから精密検査です。お見舞いは、病院が開く午前9時から可能です』

確認するやいなや、深い安堵感に支配される。私はスマホを胸に抱き、「よかった」と声に出して言った。

そして瞳からはぽろぽろと涙がこぼれた。安心感から泣いたのは、生まれて初めての経験だった。それほどまでに私は悠のことを案じていたのだろう。

時刻はまだ午前８時過ぎだった。ほとんど眠っていないせいで全身に倦怠(けんたい)感があったけれど、そんなことにはかまってられない。午前９時ぴったりに病院に着かなければ。

『なにかできることがあったら、言ってね』と言ってくれた詩織に、今の状況を説明したメッセージを送ると、私はお見舞いに行くための身支度を始めた。

そして身支度を終えた頃、『私もお見舞い行きたいんだけど、一緒に行っていい？』という詩織からのメッセージを受信した。

私は『もちろん！　９時前に大泉中央病院の入口に来てくれる？』と詩織に返信し、自宅を出て病院へと向かった。

「精密検査の結果も問題ないって」
「そうなの!?　よかったねえー、桜！」
「うん。ありがとう、詩織」

病院に着いて詩織と合流した直後、悠のお母さんから『精密検査の結果も問題ありませんでした。でも、しばらくの入院は必要みたいです』という連絡が来た。

本当に、悠が無事でよかった。彼が事故に遭った、と聞かされた時の絶望感と比べると、信じられないくらいの幸せを感じられた。

ああ、早く会いたいなあ。

はやる気持ちを抑(おさ)えつつも、悠の病室へと向かう。彼のお母さんの情報によると、すでに一般病棟の個室に移っていて305号室にいるとのこと。

病室の前に詩織とたどり着き、軽くノックをしてからドアを開けた。すると、中には。

悠がいるベッドの傍らに立つ、彼のお母さんと、奏くんらしき男の子。

悠をそのまんまミニサイズにしたような容姿なので、彼の弟だということが瞬時にわかった。

そして、悠の近くにはもうひとり。それは、私と同い年くらいの見知らぬ女の子だった。

ふわふわの髪をツインテールにした色白の彼女は、砂糖菓子のような甘い雰囲気があって、ピンクやレースが似合うようなかわいらしい子だった。

白いシフォンワンピースに包まれた細くて小柄な肢体は、女である私ですら庇護欲(ひごよく)をかき立てられる。

大きな瞳がどことなく悠に似ている。彼の親戚の女の子なのかもしれない。彼女が、以前に彼が仲がいいと言っていたいとこのような気がした。

そしてもちろん、私が会いたくて、話をしたくて堪らなかった悠も病室内にいた。

その女の子と話していたらしい悠は身を起こしていて、きょとんとした顔で、こちらを見ていた。頬に貼られた白い絆創膏(ばんそうこう)が痛々しい。骨折したらしい左脚にはギプスがはめられていた。

悠の表情には、どこか違和感があった。いつもと雰囲気が違う。整ったかっこいい顔は、普段どおりだけれど。
　いつも私に向けてくれる、優しく包み込むようなおだやかな表情は、見られなかった。まるで見知らぬ他人に向けるような、よそよそしさが感じられる。
　私は不安になった。だけど、大きな事故に遭ったのだから、普段と違うところがあっても無理もないかもしれない。
「桜ちゃん、おはよう。もう来てくれたのね」
　私が悠に声をかける前に、悠のお母さんが笑顔で迎えてくれた。昨日よりやわらいでいる彼女の表情。悠の意識が戻って、安心したのだろう。
「おはようございます。連絡くださってありがとうございました。……あ、悠くんのこと心配してた友達も連れてきちゃいました」
　言いながら、詩織に目配せをする。詩織は「初めまして、悠くんのクラスメイトの横田詩織です」と無難に自己紹介した。
「あら、ありがとうね。ふたりとも。――よかったわね、悠。ふたりも友達が来てくれて」
　私たちが会話をしている間、不思議そうな視線を私に送っていた悠。お母さんに話しかけられ、はっとした顔をする。
　そして。
「ああ、横田さん……わざわざ来てくれたんだ、ありがとう。だけど、その……」
　悠はそこでいったん言葉を止めたあと、気まずそうな顔をしてこう言った。
「それで……君は誰……？　横田さんの友達？」
一瞬なにを言われたのかわからなかった。眉をひそめた悠が発した言葉は、私に向けられたものなのだろうか。
「え……？」
混乱して、たったそれだけしか言えなかった。悠のお母さんが目を見開いて私を見ている。ツインテールの女の子は、なぜか不敵に笑っていた。
「ちょ、ちょっと！　なに言ってるの中井くん！　桜だよ!?　折原桜！　中井くんの彼女でしょう!?」
絶句する私の代わりに、詩織が悠に訴えてくれた。しかし悠は腑に落ちないような顔をする。
「彼女……？　君が、俺の……？」
「ちょっとなんなの？　嘘つかないでくれる？　悠の彼女は私なんですけど」
すると、ツインテールの女の子が、私たちを睨みながら、衝撃(しょうげき)的なことを言った。
え？　どういうこと、なの……？
この子が、悠の彼女って……？
「はあ!?　そっちこそ嘘でしょ！　中井くんの彼女は桜！　夏休み前から付き合ってて、花火大会も一緒に行ったんだから！」
詩織がツインテールの女の子につめ寄りながら、すごい剣幕でまくしたてる。しかし彼女は、ひょうひょうと微笑んだ。

「ふーん、だから？　私は小さい頃から悠と一緒だよ。ずっと悠が好きだったんだから。付き合ったのは最近だけどね」
「……！　そんなの嘘！　だって、桜は……」
「あなたたちが勝手に言ってるだけじゃないの？　悠だって覚えてないじゃん。その子が悠の彼女って証拠(しょうこ)、あるの？」
　なんで私、そんなこと言われてるんだろう？　そんな嘘なんかつくわけないのに。
　でも、証拠って。——言われてみれば、なにもないかもしれない。
　私も悠も、付き合っていることをあまり人には言っていなかった。
　私は詩織と加奈ちゃんには話していたけれど、私の知る限り悠は友人にこのことを言っていなかったはずだ。
　だから、私と悠の関係をはっきりと知っているのは、詩織と加奈ちゃんのみだ。
　花火大会の時に会った悠の中学時代の友人も知っているといえば知っているけれど、あんな一瞬会っただけじゃ、証人としては弱いだろう。
　つまり、ほとんど証拠なんてないということになる。
「ね、ねぇにーちゃん。いつから美香と付き合ってたの？　俺知らないんだけど」
　奏くんが、おずおずとたずねた。詩織と美香との殺伐(さつばつ)としたやり取りに、気おくれしているようだった。悠は困ったように眉尻を下げる。

「いや。そのこともちゃんと覚えてなくて。目が覚めた時に、美香にそう言われたんだけど。まあ、昔から仲よくしてたから、そうなのかなって……」
「ふーん……」
　悠の答えを聞き、彼の弟は気のない返事をした。あまり納得いっていないようにも見える。
　これまでの経緯から考えると。
　もしかしてツインテールの子——美香ちゃんは、悠が事故のショックで記憶(きおく)があやふやになっていることにつけ込んで、彼女の位置におさまろうとしているのでは……？
「そんなことあるはずないよ！　なんで桜のこと覚えてないの!?　彼女なのに！」
「ごめん。本当に覚えてなくて……」
「だからその証拠を持ってきてよ。嘘なんでしょ？　っていうか、仮に彼女だったとしても、悠が忘れちゃうような彼女なんて、あんまり好きじゃなかったんじゃないの？」
「はあ!?　なにそれ！」
　美香ちゃんの挑発に、詩織が憤怒(ふんど)に駆られたような顔をする。そした今にも美香ちゃんに飛びかかりそうな勢いで、つめ寄った。
　——すると。
「はい。ダメよ。ふたりとも、落ち着いて」
　悠のお母さんが詩織と美香ちゃんの間に割って入った。若い私たちはほぼ全員が動揺しているというのに、彼女は落ち着いていた。

「どうやら、事故のショックで悠の記憶があやふやになっているみたいね。先生に相談してみましょう」

そして彼女は私の方を向くと、優しく微笑んでこう続けた。

「桜ちゃん。私はあなたが嘘をついているとは思っていないわ。あなたが悠を心から心配する姿を、見ているもの。まだ出会って少ししかたっていないけど、あなたは嘘をつくような子じゃないと思う」

その言葉は、茫然自失して絶望すら感じていた私には、あまりにも慈悲深くて。

涙腺が勝手にゆるんでしまった。しかしこんなにいろんな人がいる場で泣いてしまうのはかっこ悪い気がして、私は唇を噛んで涙を堪える。

にじんだ視界の端には、美香ちゃんの仏頂面が映った。

悠のお母さんはさらに優しい声で、続けて言う。

「だけどね、桜ちゃん。美香も悠とはずっと仲がよくてね。いとこだから、もう10年以上もね。だから、美香も悠が悲しむようなことはしないと思うのよ」

美香ちゃんは悠のいとこ。悠が生まれた時から、彼に関わっている血のつながりがある親族。

彼女には、彼や彼のお母さんと今まで積みあげてきた信頼関係があるだろう。

そう考えると、昨日出会ったばかりの私の言葉を信じてくれる悠のお母さんは、すごく心が広いと思う。

嘘をついて悠に近づこうとしたんじゃないかと決めつけ

て、追い出したっておかしくないのに。

「きっと、そのうち悠の記憶も戻るわよ。それまではどうしようもないわ。そうよね？」

同意を促すように、私と美香ちゃんを交互に見る悠のお母さん。

たしかに、悠のお母さんの言うとおりだ。悠の記憶がない今、いくら『私があなたの彼女だ』と主張したって、どうしようもない。

証拠だってないんだから、彼の記憶が戻るのを待つしかないのだ。だけど。

今までの私たちの思い出が全部なくなってしまったように感じられて。

……悲しいよ、悠。

「――わかりました。記憶が戻るのを、私は待ちます」

泣きそうになるのを堪えて、私は毅然として言った。しかし。

「えー、私が彼女なのになあ。せっかく悠とラブラブできると思ったのにー。もう、変な言いがかりつけられてマジ迷惑だよー」

美香ちゃんがかわいらしく口を尖らせながら、私を一瞬鋭く見て言った。

「こらこら、美香ちゃん。あなたもよ。悠の記憶が戻るまで待ちなさい」

悠のお母さんはそんな美香ちゃんをたしなめたけれど、彼女にとってはかわいい姪なのだ。本気で怒ってはいないような、優しい口調だった。

そして悠は、そんな美香ちゃんを見て、困ったように笑っていた。

——仕方ないなあ、美香は。そんなことを言っているようにも見えた。

気心の知れた者に向けた、親しげな表情。記憶のない悠は、美香ちゃんの『私が悠の彼女だ』という主張に対して、そんなに拒否感は抱いていないように見える。

それどころか、べつに美香ちゃんが彼女でもいいって、思っているようにも感じられた。

「——私、もう帰ります」

これ以上この場にいたら、泣き崩れてしまいそうだ。私は弱々しい声で言う。

悠がちらりと私を見た。とくになんとも思っていないような顔。

“そっか、帰るんだ”

今の彼からは、その程度の気持ちしか感じられない。

ダメだ。本当に泣いてしまう。

私は踵を返し、逃げるように病室の入口へと向かい、扉を開ける。

「え、ちょっと桜!?」

背中越しに詩織の慌てる声が聞こえてきたけれど、すでに振り返るのが無理な顔になっていた私は、そのまま病室を出た。

そして涙を流しながら小走りに病棟の廊下を通り抜け、

とりあえず病院の外へと出た。

「桜！」

　病院の中庭のベンチに座り、涙をぬぐってぼんやりと雲ひとつない遠い空を眺めていると、心配そうな顔をした詩織が駆けよってきた。

「詩織……」

　活力を削がれている私が弱々しい声を発すると詩織は辛そうな顔をした。

「桜……大丈夫……？」

「……あんまり」

　取りつくろう気力もなかった私は、正直に言った。あんまりどころか、全然大丈夫じゃないけれど。

　詩織は私の隣に腰を下ろし、しばらく黙ったあと、うつむき加減の私をじっと見た。

「……大丈夫だよ。そのうち、記憶戻るから。そうしたら、中井くんは桜のもとに戻ってきてくれるよ」

「うん……」

　詩織の励ましにうなずく私だったが、胸の中では不安が渦巻いていた。

　悠の記憶はいつ頃戻ってくるのだろうか。もしかしたら、このまま戻ることはないかもしれない。――一生、永遠に。

　そんな想像が一瞬頭を駆けめぐったけれど、慌てて私はそれを打ち消す。

　きっと、事故のショックで少し混乱しているだけ。きっとすぐに、いつもの悠に戻る。

　ふたりで過ごした日々も、『ずっと一緒にいよう』という約束も、こんなに簡単になくなるわけなんてない。

　そうだよね、悠。

「それにしてもさ……なんなの、あの女！　事故に遭って記憶がない中井くんにつけ込むなんて！　信じられない！最低だよ！」

　病室でもそうだったけれど、詩織はまるで自分のことのように、美香ちゃんに対して怒りを覚えてくれているようだった。

　頭が真っ白になって、なにも言えない私の代わりに、美香ちゃんを問いつめてくれた。

「……ありがとね。詩織」

　よく考えると、詩織は私と悠が恋人らしく振る舞っている姿を見たことがないのだ。

　彼女は、私の『悠と付き合っている』という言葉のみで、私と悠の関係を信じてくれている。

「え、なにが？」

「うん、さっき美香ちゃんにいろいろ言ってくれたこと」

「えー！　だって腹が立ってさ！　つい頭に血が上っちゃって。……ってごめん、私当事者でもないくせに、中井くんや彼の家族の前で興奮しちゃって。今考えたらヤバいやつじゃん、私……」

　詩織はバツ悪そうに笑って言う。

　当事者じゃないのに、我を忘れるくらい怒ってくれたから、感謝してるんだよ。

　そう思った私が、再び詩織に感謝の気持ちを言おうとした……その時だった。

「あの、お姉ちゃんたち……。ちょっと、いい？」

　声変わり前の、かわいらしい少年の声がベンチのうしろから聞こえてきた。振り向くと――。

「あ……奏くん、だよね？」

　そこには、おずおずとうなずく、ふた回り以上小さくなった悠がいた。

「ちょっとお姉ちゃんたちに話があるんだけど、このあと時間ある？」

「え……？　話って？」

　私がたずねると、なぜか彼はあたりをちらちら見回してから、こう言った。

「さっき、美香ともめてたことについてだよ。彼女とか、そうじゃないとか」

「――！　君は美香って子が中井くんの彼女かどうか、本当のことを知ってるの!?」

　私がなにかを言う前に、詩織が興奮した様子で奏くんにつめ寄った。

　すると彼は顔をしかめて、シーッと小声で言いながら“静かに”のポーズをとる。

「ちょっと静かにしてよ。美香のお母さんも病院に来てるんだから。聞かれちゃまずいんだよ、俺の立場的にさあ」

　こまっしゃくれた口調で奏くんが言う。とても小学6年生とは思えない。年齢よりもずいぶん大人びている。
　詩織は素直に申し訳なさそうな顔をした。
「ご、ごめん。つい気になっちゃって」
「それで、なにを話してくれるの？」
　私が声をひそめて奏くんにたずねると、彼は再びあたりを見回してから、こう言った。
「今日は俺の親戚がそのへんにいるかもしれなくて、ここだとあまり話ができないから……。ふたりとも、今から俺んちに来てくれない？　今なら誰もいないはずだから」
「俺んちって……」
　彼は悠の弟だ。その彼が俺んちということは、悠の家ということになる。
　トラ子を入院させた日に初めて行って、そのあともトラ子に会いに何度か訪ねたことのあるあの家だ。——悠と付き合い始めた、あの場所。
「うんわかった、行くよ」
　あの時のことを思い出して、行ったらますます心が乱れるような気がしたけれど、奏くんは重大な話をしてくれそうな気がする。
　行かないという選択肢はありえない。
「よし、じゃあ行こう。ここから歩いてすぐだから、ついてきて」
「うん、ありがとう」
「さ、桜。私もいいのかな？」
　歩きだした奏くんのあとに続く私に、とまどいながら詩織がたずねる。
「弟くんがふたりに話があるって言ってたから、いいみたいだよ。それに……」
「それに……？」
「いろいろあってさ……正直、怖くて。詩織に一緒にいてほしい、な……」
　おそるおそる、自分の弱さをさらけ出す私。詩織は優しく受け止めてくれることはわかっていたけれど、やはり少し怖かった。
「そういうことなら。喜んでお供いたす」
　詩織は頼もしく微笑んで、はっきりとそう言ってくれた。
「ありがとう」
　彼女のまっすぐな優しさに感激してしまう私。
　詩織と仲よくなれて本当によかったと、あらためて実感した。
　そしてそんな会話をしているうちに、私たち３人は中井家にたどり着いた。

　悠の自宅のリビングは、相変わらずこざっぱりとしていた。
　だけど、テーブルの上に使用済みと思われるコップがあったり、ソファの上には折り込み広告が置かれたりしていて、前回よりは雑然とした様子だった。
　きっと、悠の入院という大変なことがあったから、彼のお母さんも片づける暇がなかったのだろう。

「適当に座ってよ。なにか飲む？　オレンジジュースと麦茶くらいしかないけど」

キッチンの冷蔵庫を開けてこちらを見ずに悠の弟——奏くんは言った。

小学６年生と言ったけれど、来客に対して飲み物を出す気遣いができる小学生なんて、どれくらいいるのだろうか。

年齢のわりに、やっぱりしっかりしている。きっとご両親の教育の賜物だろう。

「ありがとう。私は麦茶をお願いします」

「私、オレンジジュースで！」

ソファに腰掛けて、私と詩織は奏くんに希望を伝えた。

すると、急に足もとにふわりとした感触を覚え、私はびくりとする。

ふわふわの正体を確かめるために足もとを覗くと、そこには——。

「トラ子！」

トラ子は私の足首に頬をすり寄せていた。

そういえば、夏休みが明けてからトラ子には会っていなかった。少し久しぶりに再会したトラ子は、ひと回り大きくなっていた。前よりも毛がツヤツヤしていて、目もぱっちりしている。

それだけで、中井家でトラ子がかわいがられているのが私にはわかった。

「あ、この子が中井くんと桜が世話していた猫ちゃん？」

「うん、トラ子っていうんだ」

「かわいいねー！　桜になついてるみたいだね」

詩織の言葉に嬉しさを覚えた。中井くんに猫の扱いを教わってからは、トラ子もだいぶ私に打ち解けてくれていた様子だったけれど、なついているようにまで見えるなんて。

私が一方的に同志だと思っていた気がしたけれど、トラ子も私を仲間だと思う気持ちが、少しはあるのかな。

「悠にはもっと、なついているけどね」

トラ子は喉をゴロゴロ鳴らし、私の足に何度も頬をスリスリしてくれる。

悠は、トラ子のことは覚えているのかな。

私と一緒に、飼い主を探してくれたんだよ。病院にも一緒に行ったんだよ――悠。

そんな思い出も、私とのことはなにもかも忘れてしまったの？

「お待たせ、はい」

悠と一緒にトラ子をかわいがった思い出がよみがえり、泣きそうになっていると、奏くんが私たちの飲み物を持ってきてくれた。

「ありがとうね」

「いただきまーす」

私は麦茶を、詩織はオレンジジュースが入っているグラスを手に取る。

喉は渇(かわ)きを覚えているのに、ひと口飲んだらもう飲む気がなくなってしまった。ショックで、飲食物をあまり受けつけない状態になってしまっているらしい。

「――それでさ、さっき言ってたことなんだけど」
「う、うん」
　詩織が身を乗り出して、神妙な面持ちになった。気力のわかない私は、ソファの背もたれに身を預けたままぼんやりとして耳を傾ける。
　しかし、奏くんの次の言葉を聞いて、私はひどく驚かされる。
「美香の方が嘘をついてるんでしょ？」
　奏くんははっきりとそう言った。私をじっと見つめて。
　私は思わずソファから背中を離して身を乗り出し、彼の顔を覗き込む。
「ど、どうしてそう思うの!?」
「奏くんは、桜の方が彼女だと思ってるってこと!?　なにか知ってるの？」
「うん。実は俺、ちょっと前に聞いてたんだ。にーちゃんから、クラスメイトの彼女ができたって」
　真剣な面持ちで言う奏くん。
　悠は誰にも私との関係のことを言っていないのかと思っていたけれど。
　仲のいい弟には話していたということか。
「美香は学校は違うから、彼女なわけないし。――っていうか、兄ちゃんが美香と付き合うのは、たぶんありえないんだよ」
「どういうこと……？」
　なにがありえないのかわからなくて、私は眉をひそめてたずねる。すると奏くんが少し気まずそうな顔をした。
「兄ちゃんは、美香のこと……まあ、嫌ってはないだろうけど、親戚だし。でも付き合いたいとか絶対思ってなかったもん。今までは彼女がいなかったから、美香に誘われてたまに遊んだりしてたけどね」
「中井くんがあの女と付き合いたいと思ってないって、なんでわかるの？」
　美香ちゃんをあの女呼ばわりは、いとこの奏くんの前じゃまずいんじゃないかと思ったけれど、詩織のそんな言い方を気にした様子もなく、彼は淡々と答えた。
「だって、美香はずっと兄ちゃんに付き合おうって言ってたけど、兄ちゃんは適当に逃げてたからさ。好きならとっくに付き合ってるはずだよ。美香のことは妹みたいに思ってるんじゃないかなあ。だから、さっき美香が『悠の彼女は私』って言った時に、俺『は？』って思ったんだよね」
「……じゃあやっぱりあの女は、中井くんが桜のことを忘れてるのにつけ込んで、自分が彼女になろうとしてるってこと……？」
　簡潔にまとめた質問を詩織が投げると、奏くんはこくりとうなずいた。
「そうだと思う。でも美香はさ、悪い子ではないんだ。俺にだっていつも優しくしてくれるし……。だけど兄ちゃんのことが好きすぎて、兄ちゃんのことになると周りが見えなくなるって言うか……。昔からそうなんだよ」
「だからって、こんなことしちゃダメじゃん！　中井くんには桜がいるのに！」

「うん、俺もそう思うよ。――だけど、俺の親や美香の親は、美香の突っぱしるところなんて知らないからさ。だから美香が嘘をついてるって俺が言ったところで、真面目に取りあってくれないよ、きっと」

「そんな……！」

詩織は悲しそうな声をあげたけれど、奏くんの言うとおりだ。

ぽっと出の謎の私と、長い付き合いの悠のいとこ。もともと信頼度には雲泥の差がある。

美香ちゃんが言っていることに多少の不審点があったとしても、彼女の方を信じたいという気持ちが、根底にあるはずだ。

「ありがとう、奏くん」

彼がいてくれてよかった。悠の家族の中で、私の方を信じてくれている人が、ひとりはいる。

これで状況が変わるわけではないかもしれないが、励みになるし、心強かった。

それに、悠のお母さんだって私を疑っているわけじゃないみたいだしね。

「う、うん。まあ、俺は立場的に美香を責めたりはできないけどね」

私に面と向かってお礼を言われたことに照れたらしくて、奏くんは頬をポリポリとかく。

その仕草、悠もやってたなあ。

兄弟だから、似てるんだね。

「なにもできないけど。兄ちゃんの記憶が早く戻りますようにって思ってる。美香は激しくて、兄ちゃんの彼女としてはちょっとなあ、って昔から思ってたし。お姉ちゃんの方が、兄ちゃんには合ってると思う」

嬉しいことを言ってくれるじゃないか。私よりふた回りくらい体の小さなこの少年を、思わず抱きしめたい衝動に駆られた。

だけど、さすがにドン引かれそうな気がしたのでやめておいた。

その後少し他愛のない話をし、リビングに置かれていた時計を見ると午前11時になろうとしていた。

「もうすぐ母さんが帰ってくるかも」と奏くんが言うので、トラ子に別れの挨拶をして詩織と一緒に中井家をあとにした。

自宅に戻ると、今日は仕事が休みだったお母さんがいた。

「ただいま」と言った瞬間に、お母さんは私になにかあったことを察して、「どうかしたの？」と、心配そうにたずねてきた。

事情を話している間に、私は堪えきれず泣いてしまった。

そんな私をお母さんは「大丈夫、きっと大丈夫だよ」と優しく言ってそっと抱きしめた。

私はとても久しぶりに——たぶん幼い頃以来だろう。お母さんの胸の中で涙したのだった。

一昨日（おととい）の事故から一夜明けて目覚めた悠は、私のことを忘れてしまっていた。

昨日、その事実を知った直後は、深く絶望して落ち込んだけれど、奏くんの応援や詩織の励ましもあり、少しだけ前向きな気持ちを取り戻した私。

それに、悠のお母さんから昨夜きたメッセージによると、おそらく、事故による一時的な記憶障害が起こっているのだろうとのこと。

珍しいことではないそうで、ほとんどの場合は時間の経過とともに記憶は戻るらしい。

ほとんどの場合——ということは、戻らない場合もあるということだが。まあ、うしろ向きな可能性はあまり考えないことにした。

——いったん考え始めると、私はどんどん深いところまで落ちてしまうから。

記憶さえ戻れば、また悠との楽しい日々が待っている。幸せな時間を取り戻せる。

だって、ふたりで過ごした日々は確実に存在したのだから。幻なんかじゃないんだ。

花火大会の日に悠が薬指にはめてくれたサクラの指輪や、家に飾っているトラ子にそっくりな猫のぬいぐるみを眺めては、私は気を奮い立たせた。

学校に行くと、人気者の悠が事故に遭ったことでクラスメイトの話題は持ちきりだった。

でも、骨折だけで命に別状はないこともすでに知れわたっていたので、みんなはそこまで心配はしていないようだった。『早く悠戻ってこないかなあ』とか『みんなでお見舞い行って元気づけようぜ！』なんてことを、重苦しい様子もなく話していた。

しかし私の心には、薄暗い陰鬱な雲が広がり、晴れ間が覗く気配はなかった。

そんな私の様子を見て、詩織が『きっとすぐに記憶戻るよ。奏くんという味方もいるしね！』と元気づけてくれた。

また、加奈ちゃんが心配そうに『中井くんと、事故以外のことでなにかあったの？』とたずねてきたので、私は詩織とともに事情を話した。すると加奈ちゃんも、詩織と同じように私を励ましてくれた。

さらに、お見舞いに花を持っていこうかなと昨晩メッセージを送った私に、詩織はいろいろアドバイスをしてくれた。

見舞いの時に花をプレゼントする場合は気をつけなければいけないことがたくさんあるとのこと。

まず、衛生面の問題から、病院側が生花の持ち込みを禁止している場合があるといった点。

悠が入院している病院にそんな禁止事項(じこう)はなかったけれど、それでも香りが強すぎる花や暗い色の花、仏花は常識的にNGだそう。

また、鉢植えの花も、根が底についていることから、“寝つく”という意味を連想させるから、ダメなんだって。

さすが園芸部だ。花の育てかただけじゃなくて、花に関する常識にも詳しいなんて。

でも、なんだかダメなことばっかりで、どんな花を選んだらいいのかわからず、私は困ってしまった。

そんな私の思いを察していたらしい詩織は、家からプリザーブドフラワーを学校に持ってきてくれた。学校の花壇で咲いたガーベラをつまんで、趣味で楽しむために自宅で作っていたらしい。

プリザーブドフラワーは、特殊な液を使って花の水分を抜き、長期保存できるようにしたもの……と詩織が言っていた。詳しいことは知らないけれど。

でも、水やりなどのお手入れもいらないため、入院のお見舞い品としてはうってつけだそう。

黄色やオレンジといったビタミンカラーのガーベラを、かわいらしく小箱に入れて装飾してくれた詩織。

『桜の名前も花だし、記憶を取り戻すのに少しでも役に立つといいなあ』

詩織はそう言って、私にプリザーブドフラワーを渡してくれた。

私のために花を用意してくれた詩織。心から心配そうにしてくれている加奈ちゃん。

ふたりの優しさが身に染みる。しかし、詩織のプリザーブドフラワーを眺めても、すべてを忘れて授業に集中しようとしても、胸中の曇天は一向に回復する様子はなかった。

そして放課後、私はひとりで彼が入院する病院を訪れていた。

私は詩織から受け取ったプリザーブドフラワーを大切にかかえながら、悠の病室のドアをノックする。

少し緊張してしまった。

すると、「はーい、どうぞ」とのんびりした悠の声が、病室の中からすぐに聞こえてきたので、私はおそるおそるドアを開けた。

「ゆ、悠。体調、どう？」

記憶があった頃と同じような気軽さで、私は彼に話しかける。その方が、思い出してくれそうな気がしたから。

しかしベッドに入って上半身だけ起こしていた悠は、愛想笑いを浮かべた。

よそよそしさを感じる、他人行儀な笑み。

「あー……。昨日も、来てくれたよね。毎日ありがとう」

そして、無難で当たりさわりのない言葉を私に投げる。

なんだかそれだけでもう打ちひしがれそうになった。

――でも、ダメだ。

悠の記憶が戻るまで、がんばらないと。

「あのね。花、持ってきたんだ。出窓に置いとくね」

「え、ありがとう。――へえ、綺麗だなあ」

私が出窓に置いたプリザーブドフラワーを、目を細めながら眺める悠。綺麗だなあ、というのは正直な感想のようだった。

喜んでくれているようでよかった。――しかしそう思ったと同時にわきあがる、寂寥感。

ねえ。私も、花が好きだよ。悠はそれを知っているでしょ？　私が詩織からプレゼントされた花のしおりを使っていることも、あなたがくれたサクラの指輪を肌身離さず身につけていることも。

知っていたでしょ……？

ねえ、思い出してよ。

「悠、ほらこれ。トラ子の写真」

私は、次の手段に出た。私たちが親密な関係になるきっかけとなった、トラ子。

まだ公園にトラ子がいた頃の、現在よりもふた回りくらいは小さい頃の写真を、私はスマホの画面に映して悠に見せた。

この頃のトラ子と悠が会う時は、必ず私も一緒だったはずだ。だから、記憶を取り戻すきっかけになりそうだと思ったのだ。

「おっ！　そういえば、公園にいた頃はこんなに小さかったっけー、なつかしい！」

悠はトラ子の画像を見て嬉しそうに言った。彼のその反応に、ぱっと希望がわいた。

悠はトラ子のことはちゃんと覚えている。今よりも小さかった頃のことも、中井家に引き取られる前は公園にいたということも。

いや、もしかするとたった今までは忘れていたけれど、私が見せたトラ子の画像を見たことで、記憶が甦ったのかもしれない。

そうだとしたら、私のことも……？

「ゆ、悠」

「え、なに？」

「公園にトラ子がいた頃は……私も一緒に、世話をしてたんだよ」

おそるおそる、希望をこめてたずねる。するとトラ子の画像を微笑ましそうに見ていた悠は、私に視線を合わせた。

とまどったような表情。トラ子の画像を見た時の嬉しそうな面持ちが消える。それを見た瞬間、私の小さな希望が粉々にされる。

「えっ、そうだったっけ……。それ、本当？　俺がトラ子と公園で一緒にいた時に、ほかに人なんていたかな？　うーん……。ごめんね、わからない。俺たちってそんなに仲よかったの？」

困惑した瞳。不審そうに私を眺めるその様子は、私が嘘を言っているんじゃないかと疑っているようにも見えた。

事故の前まで、私に向けてくれていた優しい笑顔からは、想像できないほどのよそよそしい態度。

仲がよかったどころじゃないんだよ。私たちは好き同士だったんだよ。

ねえ、もう一度言ってよ。私を好きだって。

悠を責めたくなってしまった。しかし私は唇を噛んで必死に堪える。

彼はなんにも悪くないんだ。彼はなくしたくて記憶をなくしたわけじゃない。――だけど。

　このやるせない気持ちは、どうしたらいいの？
「あれ、あなた来てたんだー」
　私が悲痛な気持ちを抱いていると、少し棘のあるかわいらしい声が悠の病室に響いた。
　声の主は悠のいとこで、自分が悠の彼女だと言いはる、美香ちゃん。
　この辺では見慣れない制服を着ていた。学校が終わってから、悠のお見舞いに駆けつけたのだろう。
　美香ちゃんは私に不敵な笑みを向けると、私を押しのけるように悠と私の間に入った。
「悠、具合どうー？」
「骨折してるところ以外はべつに平気。早く退院させてくんないかなー」
「ダメよ、まだ安静にしないと。交通事故の痛みはあとからくるっていうし。でも、元気そうでよかった！」
「おー、サンキューな、美香」
　親しげな会話。ふたりの間に、長い年月によって築きあげられた絆（きずな）があることを見せつけられる。
「ふふ、私毎日お見舞いに来るからね」
「え、いいよそこまでやんなくて。美香が住んでる隣の市から来るの遠いじゃん」
「いいの！　私が来たいんだからー！」
「ふーん、そう。まあ、暇だから嬉しいけどさ」
　私の方をチラチラと見ては、勝ち誇ったような顔をして悠と楽しそうに話す美香ちゃん。私は情けない顔をして立ちつくすことしかできない。

「あ。あなたは、毎日来なくていいんだからね。こういうのは親族とか、彼女とかの仕事だから」

彼女、という単語に嫌にアクセントをつけて美香ちゃんが言う。悠は彼女のそんな微妙な嫌みには気づいていないようで、私をちらりと見るだけだった。

「――そんな。わ、私……」

毎日来るよ。悠が記憶を取り戻すためなら。

そう言いたいのに、あまりにも惨めすぎてうまく言葉が出てこなかった。

「あー、そういえばね。昨日あなたが帰ったあとにクラスメイトの人たちが、何人も悠のお見舞いに来てくれたの。そうよね、悠？」

「あ、うん。嬉しかったわー、あれ」

顔をほころばせる悠。今の私には決して向けられることのない微笑みだった。

「悠は人気者なんだねー。……あれ、そういえば悠はあなた以外のクラスメイトのことは、全員覚えていたみたいよ？」

美香ちゃんの言葉に、私は耳を疑った。

悠は私のことは忘れていたが、詩織のことは覚えていた。きっと、忘れている人と覚えている人がいるんだろうなって思っていたのだけれど。

悠が忘れているのは、私のことだけなの？

「親戚のことも、学校以外の友達のことも、悠のママによるとほかに忘れた人はいなかったみたい。なんであなたのことだけ、忘れているのかなあ？」

白々しく、私に疑問を投げかけてくる美香ちゃん。

『きっとあなたが、悠にとってたいした存在じゃないからよ。だから悠は、あなたのことだけ忘れてしまったの。悠にとって、あなたは必要ない存在なの』

彼女の挑戦的な瞳が、そう物語っていた。

そして人のいい悠は、そんな女同士の争いが起こっていることなんて、まったく気づいていないようだった。

彼にとっては見知らぬ女である私を、平然とした様子で眺めている。

「……私帰るね。さようなら、悠」

無理やり笑顔を作ってやっとのことでそう言うと、私は悠の反応も待たずに病室から飛び出た。

病室のドアをうしろ手で閉めると、私はその場に座り込んでしまう。

どうしてなの。どうして、悠は私のことだけを。忘れてしまったの。

ドア越しに、悠と美香ちゃんが談笑する声がかすかに聞こえてきた。楽しそうな悠の優しい笑い声。

あんなふうに私に笑いかけてくれることは、もう二度とないの？

くじけちゃいけない。悠が記憶を取り戻せば。記憶さえ戻ってくれれば。悠は私のもとに帰ってきてくれるはず。

そう思ってがんばらなきゃいけないのに、さすがに今のは堪えてしまった。私はその場でうずくまって、少しだけ泣いた。

それからというもの、私は毎日悠のところへと通い続けた。詩織が加工してくれたプリザーブドフラワーや、花束を携えて。

放課後に病院へ直行すると、少しの間だけ悠とふたりで過ごせた。しばらくすると美香ちゃんが来て、遠まわしに嫌みを言われて、追い出されてしまうけれど。

でも、美香ちゃんは隣の市から病院へと来ているので、私よりはどうしてもお見舞いに来るのが遅くなる。その点は少しラッキーだった。

悠は、とくに嫌な顔はせずに私のことを迎えてくれた。相変わらず記憶は戻らなかったので、大歓迎、という感じではなかったけれど。

そんな日が１週間ほど続いて、９月も下旬に入り秋が深まってきた日。私は学校帰りに、いつもどおり悠の病室に来ていた。

悠が寝ているベッドの脇の出窓は、いつの間にか私が持ってきた花たちでいっぱいになっていた。奏くんが、見栄えよく配置してくれているらしい。

「悠。今日持ってきた花も、置いておくねー」

なるべく気安い口調で私は言う。

私は悠が記憶を失ってしまったことなど、まるで気にしていないようなそぶりで、彼に話しかけ続けることを心に決めていた。

まあ、美香ちゃんに嫌みを言われる度にへこんでしまうのだけれど。

今日の花は、濃いオレンジのバラをメインとしたプリザーブドフラワーだ。四角い木箱に入れられたバラは、松ぼっくりや木の枝、どんぐりとともに配置され、まるで箱の中に小さな秋の森が息づいているようだった。

私を応援してくれている詩織は、毎日私に加工した花を持たせてくれた。しかも日に日に手が込んできている。

『練習になるわー』と言う詩織には感謝しかない。今度、作り方を教えてもらおう。

悠は、私が本日持ってきたそんな小さな秋をまじまじと眺めたあと――。

「毎日、ありがと。病院って殺風景だからさあ。花があるといいねー」

私に向かって、人なつっこそうに微笑んで、やけに親しげにそう言った。

ドキリとした。今の笑顔と、話し方が、まるで記憶がなくなる前の悠のようで。

悠は、毎日欠かさずに顔を出す私に、次第に心を許すようになってきている気がする。

「そ、そっか。よかったよ……！」

嬉しさがこみ上げてきて、言葉が震えてしまう私。すると悠は、相変わらず微笑んでいたけれど、瞳に少し翳りを混じらせた。

「俺。折原さんのこと忘れちゃってて、サイテーなやつなのに。愛想尽かされてもしょうがねーのにさ。折原さんは優しいよね」

『折原さんって、優しいよね』

悠と関わり始めた頃に、教室で、隣の席から、彼にそう言われたことが脳裏によみがえる。

悠は記憶をなくしても、悠だった。優しくて、おだやかで、人当たりがよくて。

私のことを忘れてしまったこと以外、彼はなにひとつ変わっていなかった。

やっぱり、私は悠のことが好きだ。たまらなく大好きだ。胸が苦しいくらいに。

「あ、あのさ、悠」

そして私は、プリザーブドフラワーのほかにも持ってきたお見舞い品を、おそるおそる取り出す。

「え、なに？」

「よかったら……食べる？」

家から持ってきたプラスチックの保存容器を開けて、中身を彼に見せる私。

「卵焼き？」

「うん」

そう、私が持ってきたのは、私が作った卵焼き。もう何度も作っているから、だんだん見栄えもよくなってきていると自負している。まあ、まだ少し形はいびつだけど。

付き合う前にも、付き合ったあとにも、悠はこれをおいしそうに食べてくれた。
『いいお嫁さんになるよ』
『これならいくらでも食べれそうだわ』
なんて、嬉しすぎることをたくさん言ってくれた。
味覚の刺激(しげき)から、もしかしたらこれを食べれば私のことを少しは思い出してくれるんじゃないかと思ったんだ。
「ありがとう。じゃ、ひとつもらおうかな」
悠は口もとをゆるめ、少し目を細めて言った。
「ほ、ほんと!?」
「うん。ちょっと小腹も減ってるし」
「よかった！　じゃ、じゃあこれ……」
そう言いながら、悠に容器ごと渡そうとする私。卵焼きにはピックが刺さっているから、すぐ食べられるようになっている。
すると、そのタイミングで病室のドアをノックする音が聞こえてきた。
悠の「どうぞー」と言う声のあとに入ってきたのは——美香ちゃん。
彼女は私の姿を見て、一瞬だけ露骨に顔をしかめると、悠に向かってかわいらしく微笑む。
「悠、今日も愛しの彼女が来てやったわよー」
いつものように、私を惨めにさせる言葉を誇らしげに言う美香ちゃん。だいぶ慣れてきたけれど、やっぱりいちいち心は痛む。
「おー、毎日来るなほんと。べつにそこまでしてくれなくていいのに。美香だって、友達付き合いとかあんだろ？」
「えー！　なに言ってんの！　彼氏が大変な時に友達と遊んでなんかいられないよっ！」
「……ふーん。そういうもんかねー」
「そういうもんだよー！」
　まあ、たしかに悠がこんな状態では、友達と遊ぶ気なんて起きない。美香ちゃんのことは苦手だけれど、そこはまるっと同意だ。
　すると美香ちゃんは、私の方を見て苦々しげに眉間にシワを寄せた。
「――ねえ。だけどあなたはさあ。悠の彼女でもなんでもないんだからさあ。なんで毎日来てんの？」
　ぞくっとするほど冷たい声音で美香ちゃんが言う。あからさまに向けられた嫌悪感に、私はびくっとした。
　いつもは、悠の手前遠回しな嫌みを言ってくるだけなのに。
「ん？　悠、なに持ってるの？　え、なにこれ卵焼き？」
　美香ちゃんが悠の手もとのタッパーに気づき、眉をひそめる。
「うん。折原さんが持ってきてくれたんだ。おいしそうだなと思って」
「……えー。なんかあんまりおいしくなさそうじゃない？形もちょっと……。それに手作りの料理ってなんか重いっていうさー」
　私の方をちらちらと嘲笑うように見ながら、美香ちゃんが意地悪く言う。
「あ……あの……」
なにか反論しようと思ったけれど、うまく言葉が出てこない。もともと口下手な私が、あんなふうに饒舌に話す女の子に、太刀打ちできるわけがなかった。
「もしかして、あなたって友達いないの？　だから、昔少しだけ優しくしてくれた悠にすがってるの？　不器用だけどがんばりました的な、手料理まで作ってさあ。悠が忘れちゃうほどの子だったのに、かわいそうだねー」
そして、私の方につめ寄りながら言う口調からは、やたら苛立っているような印象を受けた。
懲りずに毎日毎日悠のところへ通う私が、とうとう邪魔になったのだろう。
「まあ、あなたのその見た目じゃ、素行もそんなによくなさそうだもんねー。本当に友達いなそう。ねえ、悠が怖がっちゃうからさ。もう来なくていいよ、マジで」
どんどん私を追いつめていく、美香ちゃんの言葉たち。
見た目でよく怖がられること。少し前まで、ほとんど友達がいなかったこと。
過去のトラウマが次々に掘り起こされて、私はなにも言えずにうつむいてしまう。
——すると。
「——美香」
ひどく低く、冷涼な声だった。怒気をはらんでいるようにも聞こえた。

あの、おだやかな悠から発せられた声だとは一瞬信じられなくて、私は耳を疑う。

悠が口を引き結んで、冷たい視線を美香ちゃんに向けていた。彼のそんな表情を見るのも、初めてだった。

「俺のために来てくれている子に、そんなこと言うな」

そして悠は、はっきりと美香ちゃんにそう言った。

——言ってくれた。

今まで、美香ちゃんが私を下げるようなことを言ってきたとしても、ピンときていない様子だった悠。

まあ、彼女は遠まわしにしか嫌みを言ってこなかったから、人のいい悠はなんにも気づいていなかっただけかもしれないけれど。

それでも、記憶をなくしてから初めて、美香ちゃんより私を思いやってくれた、悠。

嬉しくて幸せで。私のことを大好きだと、ずっと一緒にいようと言ってくれた時の悠が戻ってきてくれたような気さえして。

嬉し涙が出そうになってしまった。

——しかし。

「や、やだっ……！　悠が怒ったあっ……。うっ、えっ、えーん……」

美香ちゃんが勢いよく泣きだした。瞳からとめどなく涙があふれ出ていて、ひたすら手で目もとをぬぐっている。

「——あ、いや、美香。その……」

すると、先ほどまでは美香ちゃんを睨みつけていた悠も、慌てたような様子になる。
　まあ、いくら美香ちゃんの言動がひどかったとはいえ、泣かれてしまえばそれ以上責めることは、悠にはできないだろう。彼がそんな男の子であることは、私もよく知っている。
「な、なんでっ……！　ひっく、怒るのぉ……？　わ、私ゆ……うと、ふたりで、いたかった、だけ、ひっく、なのにぃ！」
「あー……ごめんな、美香。ちょい怒りすぎたわ。な、ごめんって」
　泣きじゃくる美香ちゃんを、悠は困った顔をして慰(なぐさ)める。彼女は、ベッドで上半身だけ起こしている悠の胸に顔を押しつけ、泣き続けた。
「ひど……いよぉ、悠……ひっく……」
「うんうん、わかったから。ごめん、もう泣くな」
　悠が美香ちゃんの頭をポンポンと優しくたたく。――あまり見たくない光景だ。
「――悠。ごめん、私帰るね」
　この場にいることが辛くなってきて、そう言うと、悠は申し訳なさそうに苦笑を浮かべた。
「うん、なんかごめんね」
「ううん。じゃあ、またね」
　私はぎこちなく微笑むと、踵を返して病室から出ようとした。――すると。
「……あの、折原さん」

そんな私の背中に、悠が呼びかけた。私は振り返る。
すると悠は持っていたタッパーの中から、卵焼きに刺さったピックをひとつつまみ――。
そのまま口の中に、放り込んだのだった。
「悠……！」
「あ、これすげーうまいじゃん。いくらでも食べれそうだわ。もらったの、一気に食べちゃいそう」
『いくらでも食べれそうだわ』
過去に学校の屋上でも、同じことを悠は言ってくれた。今と同じように、優しい微笑みを浮かべて。
「――また、来てくれたら嬉しいな」
それは、彼が記憶をなくしてから、初めてかけてくれた言葉だった。
嬉しさが深い場所からわきあがってきて、言葉がつまりそうになる。
「う、うん。また、来るっ……！」
私が必死にそう言うと、悠はさらに笑みを濃く刻んだ。彼の胸には美香ちゃんがずっと突っぷしていたけれど、あまり気にならなかった。
それほどまでに、悠の笑顔は私にとってまぶしいものだったのだ。
そして私が病室から出ると、ちょうど悠のお母さんと奏くんと鉢合わせした。彼女らもお見舞いに来たようだった。
「あら、こんにちは桜ちゃん」
「こ、こんにちは」

悠のお母さんは、私を見るなりぱっと笑顔になった。

奏くんもはにかみながら微笑みを浮かべて、軽く私に会釈をしてくれる。ふたりと会うのは、悠が入院した次の日以来だ。

そう、奏くんが家に招いてくれて、美香ちゃんについての話をした日以来。

「悠から聞いてるわ。桜ちゃんが、毎日来て綺麗なお花を置いていってくれてるって。——本当に、ありがとう」

「い、いえ！　私はそんな……！」

悠のお母さんに深くお礼を言われて、焦ってしまう私。

お礼を言ってもらうようなことをしているつもりはなかった。悠の怪我が一刻も早く治ってほしい。早く退院してまた学校で元気な姿を見せてほしい。

——そして私の記憶を早く取り戻してほしい。

その一心で、私は毎日悠のもとへと通っていたのだから。

「まだあの子の記憶は戻ってないみたいだけど、桜ちゃんが来てくれていることは、喜んでいるみたい」

「そうなんですか……!?」

「ええ。この前嬉しそうに話してくれたの」

優しく微笑んで話してくれた悠のお母さんの言葉には、彼が記憶をなくして以来の最大級に嬉しいことがつまっていて。

泣きそうになりながらも、顔がほころんでしまう。

感動と嬉しさが入り交じって、変な顔になってしまった気がする。

「記憶をなくした悠だけど、あらためて桜ちゃんを大切なお友達だと思っていると思うの。——だから、また来てくれると嬉しいわ」
「も、もちろんです！」
「ありがとう。じゃあ、またね」
　そんな会話をしたあと、悠のお母さんは病室へと入っていった。それに続いて、奏くんも中に入ろうとした。
　が、入室する前に奏くんは私の方へ振り返り、小声でこう言った。
「がんばってね」
　私の返事を待たず、お母さんのあとを追いかけるように病室へと入る奏くん。
　なんだか今日は嬉しいことだらけだ。悠には記憶をなくしてから初めて受け入れられた気がするし、悠の家族も、私を応援してくれている。
　がんばろう。悠と過ごしたあの日々を取り戻すために。
私は悠の病室の前で、ひとり固く決意したのだった。

その兄弟はあまりにも
近しい存在で

それから２週間ほど、私はやはり花を持って悠の病室へと通った。

卵焼きをおいしいと言って食べてくれたことが心の底から嬉しくて。

私はそのあとも、ときどき作って差し入れをした。その度に、笑顔で食べてくれる悠。

悠の記憶はまだ戻っていないけれど、彼は毎日顔を出す私に、だいぶ打ち解けてくれてきたと思う。

気心の知れた仲のように談笑する機会も増えて、たまにもう記憶が戻っているんじゃないかと錯覚する時すらあるほどだ。

まあ、そんな時に限って美香ちゃんが現れて棘のあることを言われ、現実に引き戻されてしまうのだけど。

でも。

もしかしたら記憶が戻らなくても、悠と特別な間柄になれるかもしれない。また、私のことを好きになってくれるかもしれない。

そう思えるほど、最近の悠は私との時間を楽しく過ごしてくれているように見えた。

私が顔を出せば満面の笑みで迎えてくれ、帰りぎわはひどく寂しそうな瞳で見つめてくれる。

私、がんばる。あなたの記憶が戻るように。――いや。

たとえ記憶がよみがえらなかったとしても、あなたのそばにいて、心の支えとなれるように。

最近の私は、毎日そんな前向きな想いを抱きながら、悠のもとへと通っていたのだった。
——だが。

ガシャーンという耳ざわりな音が悠の病室中に響いた。私はプリザーブドフラワーを入れていたガラスケースを思わず落としてしまったのだった。
——悠が私にはなったひと言が、あまりにも信じがたいもので。
病室には悠のお母さんと奏くんもいた。「大丈夫!?　桜ちゃん怪我してない!?」と、私を気遣う声が聞こえてきたが、それに反応する余裕はなかった。
「ゆ、悠……？　今、なんて……？」
かすれた声で私は問う。ベッドの上で座る悠は、うつむいたままで私と目を合わさない。
「だから、もう来ないでほしいって言ったんだ」
そして、ぼそぼそと冷淡な声で、私にそう言った。今度は空耳じゃなかった。はっきりと聞こえた。もう来ないでほしいって。
「な、ど、どうして……!?　わ、私なにかした……？」
昨日までの悠は、私が来ると笑顔で迎えてくれて。楽しく雑談してくれて。帰りぎわはしんみりしている様子で少し気になったけれど。
——『またね』と言ってくれたのに。
「——なにも。折原さんはなにもしてないよ」
「じゃあどうして……!?　どうして、急に……」

　すると悠は、少し間を置いてから、やはり私と目を合わさずにこう言った。
「――心苦しくなってきたんだよ。折原さんは俺に優しくしてくれるのに、俺は折原さんのことを思い出せなくて。すごくひどいことをしている気がしてきて」
「……そ、そんなこと！　私は気にしない……！」
　私の記憶がないのは悠の意思じゃない。悠にはなにひとつ非はないのだ。それに最近は、少しずつ以前のように接してくれるようになってきていたし。
　私に悠が引け目を感じる必要なんて、ないんだよ。
　しかし、悠は。
「俺は気にするんだよ。なんでこんなによくしてくれる子のことを、俺は忘れちゃってるんだろうって」
「そんなこと仕方ないよ！　事故のせいで、記憶がなくなってるだけなんだから！」
「記憶をなくす前の俺は、折原さんを利用してるようなひどいやつだったんじゃないかとすら、思えてきた」
「そんなことないよ！　悠は、そんな人じゃ……」
「もう辛いんだよ！　わかってくれよ！」
　怒鳴り声で私の言葉を遮った悠。彼は血走った目で、私を睨みつけていた。
　怒鳴られるのも、睨まれるのも初めてだった。大好きで、優しい悠にそんなことをされるのは。
　あまりに受け入れがたいことだった。私の頭は直面している現実に追いついていけず、ぼうぜんと立ちつくしてしまった。

「悠……？」

「折原さんといると苦しいんだよ……。俺をもう、解放してくれよ……」

絞（しぼ）り出すような声で言った悠は、涙を瞳の端に浮かべて、苦悶の表情を浮かべていた。

私がいると、悠が苦しいの？　辛いの？

どうして？　昨日までは、あんなに歓迎（かんげい）してくれていたのに。

たとえ記憶が戻らなくても、うまくやっていけるかもしれないって思ったばっかりだったのに。

どうして？

「――そうね。悠の記憶も戻らないし……。桜ちゃんは、あまりここに来ない方がいいのかもしれない」

今度は悠のお母さんが追い打ちをかける。ガラスケースの破片を集めて、私を悲しそうに見つめながら。

「おねーちゃんは……もう兄ちゃんのことを忘れた方がいいのかも」

そして、彼の弟の奏くんまでも。美香ちゃんが嘘をついていることを知っていて、私を信じてくれていた奏くん。

この前は『がんばってね』って、笑顔で私を応援してくれたのに。

悠も、彼のお母さんも、奏くんも。みんなどうしてしまったの？　まるで昨日までと、別人みたいだ。

「うぅ……うっ……」

私は思わず、その場で涙を流し始めてしまった。泣くもんか、と思えば思うほど、涙がとめどなくあふれてくる。

「もう、帰った方がいい。俺にはなにもできないよ」

悠は、号泣する私に向かって無表情で言いはなつ。視界の端に見えた悠のお母さんと奏くんは、気の毒そうに私を見ていた。

——こんな針のむしろにいるような状況、耐えられなかった。

私は３人になにも言わず、病室から飛び出した。

そしてなるべくそこから離れるように、廊下を走って出口へ急ぐ。

途中で看護師さんに注意されたような気がしたけれど、上の空でよく覚えていない。

気づいた時には、病院の中庭のベンチに座り込んでいた。

なぜ、どうして。なんで。なにがあって、こんなことに。

わけがわからない上に、ひどい悲しみで胸がいっぱいで、私はぼんやりと虚空(こくう)を眺める。

涙は枯れてしまったようで、すでに出なかった。

——すると。

「桜……？」

私を呼ぶ声が聞こえた気がした。しかし空耳のような気がしたし、反応する元気もなかったのでスルーする。

——すると。

「桜……だよな？」

「おねーちゃん？」

今度は至近距離から、ふたりの声が聞こえてきたのでさすがに私は声のした方を向く。

しかもその声が、やたらと聞き覚えのある声のような気がした。

そして、声の主たちの顔を見た結果、やはりそれは気のせいではなかったのだった。

「渉くんに、実くん……？」

ベンチに座る私の前にいたのは、心配そうに私の顔を覗き込む、渉くんと実くんだった。

「はい、できた。……飛ぶかはわからないけどね」

折り紙で作った紙飛行機を実くんに手渡すと、「わー！　やったー！　ありがとう！」と、彼は瞳を輝かせた。

紙飛行機なんて小さい頃に作った以来で、ちゃんとした折り方なんて覚えていなかったけれど、うろ覚えの記憶を頼りに丁寧に折ったら、それっぽい見た目になってくれた。

実くんが紙飛行機を虚空に向かって投げつける。思いのほかそれは遠くに飛んでいって、数メートル先の木の幹にぶつかって地面に落下した。

「わー」と元気よく叫びながら、実くんがそれを拾おうと駆けていった。

ふたりは、入院しているお母さんのお見舞いに来ていたとのことだった。

しかし今彼らのお母さんは検査中なので、それが終わるまで渉くんは中庭で実くんを遊ばせて待っていたのだ。

それでその中庭のベンチに私の姿を発見し、話しかけてくれたのだった。

「――７月以来か。久しぶりだな、桜」

少し離れた場所で紙飛行機遊びに興じる実くんを見ながら、ベンチで私の隣に座る渉くんが言った。

トラ子が中井家に引き取られてから、私はあの公園へ行く必要がなくなってしまった。それから渉くんと実くんには会っていない。

そのことを連絡しようと思ったけれど、私はふたりの下の名前以外なにも知らないことにその時気づき、伝えることができなかった。

登校前にふたりがいないかあの公園を何度も覗いたけれど、ふたりの姿を見ることはなかった。

「うん……あの、トラ子は無事に引き取り手が見つかったの。言おうと思ったんだけど、ふたりに会えなくて……ごめんね」

「いや、俺たちも桜に最後に会って以来、あの公園にはほとんど行ってないんだ。トラ子のことは気になってたんだけど。まあ、誰かに飼ってもらったんならよかった」

公園に行っていない？　あんなに楽しそうに、実くんは遊んでいたというのに。

そういえば、７月に会った時も『母親が入院している』と渉くんは言っていた。すでにそれから３か月近くたつ。彼の母親は、重い病気なのだろうか。

「ふたりのお母さん……入院長引いてるの？　心配だね」

たずねづらい話題なので、私は言葉を選んでおそるおそる問う。すると渉くんは、実くんを遠い目で見つめながら低い声で答えた。

「ああ。まあ……今すぐ死ぬ、とかそういうんではないから」

その言葉に、少しだけ不安が解消される。実くんはまだ４歳だ。お母さんがいなくなってしまうなんて、悲しすぎるから。

しかし、『今すぐ死ぬ』わけじゃなかったとしても、３か月の入院は決して楽観できる状態じゃないだろう。

悠だって、命の危機はないけれど、今の状態は私にとってみればただごとではない。

早くもとの悠に。一刻も早く、私の思い出を取り戻した悠に……戻ってほしかった。

「桜は？　なんかあったのか。さっき、元気なさそうに見えたけど」

ぶっきらぼうな渉くんにしては、おだやかな口調だった。私のことを心配して気遣ってくれているのがわかる。

「友達が事故に遭って入院しちゃって」

「え。大丈夫なのか？」

「うん、命に別状はないし、元気だよ。ただ、いきなりのことだったからびっくりしちゃってさー、あはは。それで元気ないように見えちゃったのかな」

一瞬、渉くんに全部胸の内をぶちまけて、この悲しみを慰めてもらおうかとも思った。

だけど、彼だって母親が入院しているし、幼い弟の面倒だってみなきゃならない。私の重い現状を話したところで、迷惑でしかないだろう。

だから私は笑みを作って、元気な口調で当たりさわりのない説明をしたのだった。

——しかし。

「本当に？」

『そうか、よかった』くらいで終わるかと思っていたのに、渉くんが突っ込んできたので、私はとまどう。

思わず渉くんの顔を見ると、彼は少し困ったように眉をひそめていた。

——彼は私が空元気を出しているということに気づいているのだろうか。

「なあ、なにか困ってるんなら俺に言えよ」

私をじっと見て渉くんが言う。

ぶっきらぼうな言葉遣いなのに、そこには大きな優しさが内包されているのを感じた。

言って、いいの？　私……渉くんにこのやるせない気持ちを、打ち明けてもいいの……？

「私……」

私が事情を話そうとしたその時だった。

「鹿島(かしま)さーん！　お母さんの検査終わりましたよー！」

病棟の入口から、そんな声が聞こえたきた。見ると、私たちの方へ向かって大きく手を振る看護師さんが立っていた。

「——母さんのとこ、行かなきゃ。実ー！」

ベンチから立ちあがる渉くん。名前を呼ばれた実くんも、こちらへと駆けよってくる。どうやら『鹿島』という姓(せい)は、渉くんと実くんのものだったようだ。

「……うん。いってらっしゃい」

残念感と安堵感があった。悩みを誰かに打ち明けられそうだったことを阻止(そし)されてしまった残念感と。

目をそむけたくなるような現実を言葉にしなくてよかった、という安堵感が。

「じゃ、またな。桜」

「うん、また」

「おねーちゃーん、ばいばーい！」

「バイバイ、実くん」

渉くんが実くんと手をつなぎ、ゆっくりと病棟へと向かう。行ってしまった。次、いつ会えるんだろう。

そんなふうに、私がふたりの背中を寂しく眺めていると。

渉くんが立ち止まった。

そして静かに振り返り、こう言った。

「俺たち、明日もこの時間に来るから」

「え……？」

「だから……桜がよければ、明日会おう。続きを話そう」

渉くんはそれだけ言うと、私の返事も待たずに再び背を向け歩きだしてしまった。

思ってもみない言葉だったので、驚いた私はしばらくの間ぼーっとしていたけれど、ふたりが病棟へ入ってしまう直前ではっとして、こう叫んだ。

「――渉くん！　私も、明日この時間に来るねっ！」
　渉くんは背を向けたまま、手を上げ、ひらひらと振ってくれた。実くんが振り返り、私に向かって無邪気に笑う。
　今日の悠の態度に打ちひしがれていた私だったけれど、ふたりのそんな姿には心が救われるものがあった。

　悠の入院している病院はわりと大きなところなので、ナースステーションには看護師がいつも何人か常駐していた。
　私はナースステーションのカウンター越しに、看護師さんに小さなプリザーブドフラワーを渡した。
「はい、305号室の中井悠さん宛てですね。ちゃんと渡しておきますね」
　看護師さんが笑顔で受け取ってくれたので、私はほっと安堵し、「よろしくお願いします」と言って会釈する。
　昨日、悠に拒絶されてしまったけれど。
　このまま、はいそうですかと引きさがるわけにはいかない。
　私が悠を好きな気持ちは、そう簡単には消えてくれないのだ。
　というか、いきなり吹っきれるほどの思いきりのよさなんて、私は持っていない。
　だけど、さすがに昨日の今日で面と向かって会う勇気はなかったので、私はお見舞いの品を看護師さんに託す、という形を取ったのだった。

嫌がられるかもしれないけど。迷惑かもしれないけれど。

それでも私はまだ、悠との間にあったはずの絆を信じたかったんだ。

ナースステーションで用事を済ませると、私はあたりを見回した。しかし、目的の人物の姿はなくて、落胆する。

目的の人物——それは、渉くんと実くんだ。

昨日、この時間にまた病院に来ると渉くんが言っていたから、信じて来てみた私だったけれど。

ここ大泉中央病院は、さまざまな診療科目があり、広大な敷地(しきち)の半分以上のスペースにどっしりとした５階建ての病棟が設けられた総合病院だ。

こんなに広くちゃたとえ同じ時間に病院の敷地内にいたとしても、ふたりに会うのは難しいのでは……。

昨日はそこまでのことをよく考えていなかったから、気づかなかったんだ。

はあ、ちゃんと渉くんと待ち合わせ場所でも決めておくんだったなあ。

なんて後悔の念を抱きながら、私は病院内のラウンジに行った。

ラウンジは、お見舞いの人や病室から出られる入院患者が使える、カフェテリアのような場所だ。

壁の一面が大きな窓になっていて日当たりもよく、ゆったりとしたスペースにテーブルと椅子がいくつも置いてある空間。大きな自動販売機も、４台も設置されている。

私は自動販売機でアイスカフェオレを買うと、椅子に座りちびちびと飲み始めた。

窓の外を眺めると、木々の葉が少しだけ紅葉しているのが見えた。

10月になり、秋が深まってきた。悠が入院して、もう３週間あまり。

そう、記憶がなくなって、もう３週間が過ぎた。

たった３週間、と他人は思うかもしれない。だけど私にとっては、おそろしく長い時間だった。

悠と一緒に過ごし、毎日夢のように楽しかった夏休みは、あっという間だったというのに。

もしかして一生、このままなんじゃ——。

絶望的な考えがよぎり、私はぷるぷると首を横に振る。

そんなわけない。いつか記憶は戻るはず。病院の先生だって、そう言っているんだし。

それに記憶が戻らなかったとしても、悠は退院して学校に戻ってくるはずだ。私の隣の席に。

そうすれば、事態は少しは変わるはず。いい方向になるか、悪い方向になるかは、わからないけれど。

そう、悠はそのうち退院を……って、あれ？　そういえば。

悠って、足を軽く骨折して入院したんだよね？

そもそも骨折で３週間も入院するものなの？　それにまだ退院する目処がたったという話も聞かないし。

うーん。私自身交通事故に遭ったことはないから、よくわからないな。そういうものなのかな？

などと、私が悠の入院期間について考えていたら。
「え！　ぼくここで遊んでいいの!?　やったあ！　ブロックあるー！」
甲高い男の子の声が聞こえてきた。ラウンジに併設されている、幼児が遊ぶ用のプレイルームの方からだ。
プレイルームには、組み立てて遊ぶブロックやぬいぐるみ、絵本など、小さな子が喜びそうなものが置いてあったはず。
お見舞い客の子どもや、入院中で主治医からOKをもらった子どもが遊ぶ場所らしいけれど。
――もしかして。あの声って。
プレイルームの方を見ると、そこには案の定、楽しそうに遊び始めた実くんと、彼の傍らに立つ渉くんの姿があった。
やった！　会えた！
嬉しくなって、私は椅子から立ちあがり、渉くんの方へと駆けよる。
「渉くん！」
「え……？　あ、桜」
彼は私の姿を認めると、小さく微笑んだ。あまり表情を顔に出すタイプじゃないから、彼が私を受け入れてくれていることがわかる。
「よかった。捜してたんだ。昨日会おうって言ったのに、こんな広い病院じゃ見つけられなくて」
「私も、捜してたの……！　なんとなくラウンジに来て、よかったよー」

涉くんも私と同じ状況だったらしく、なんだか嬉しかった。

「——実。俺は向こうで座ってるから。ここで遊んでろよ」

「はーい」

実くんは遊ぶのに夢中で、私の存在には気づいていないみたいだった。涉くんの言葉に、上の空気味に返事をする。

そして私と涉くんは、プレイルームがよく見える位置のテーブルに着いた。

私はさっき買ったアイスカフェオレを眼前に置く。涉くんは、緑茶を自動販売機から購入した。

「桜、毎日病院に来てるのか？」

飲み物を少しだけ飲んだあと、涉くんが神妙な面持ちでたずねてきた。

「——うん」

私は昨日思ったように、すぐに事情を彼に話そうと思ったのだけど、そのあとの言葉が続かない。いざ言おうとすると、なんだか言いづらかった。

すると、涉くんの表情が少しゆるんだ。そしてプレイルームで遊ぶ実くんを遠目に見ながら、口を開いた。

「俺の母さんは３か月近く前から入院してる。知ってると思うけど」

話しづらそうにしている私の気持ちを察して、自らの事情を先に打ち明けてくれるようだった。

無骨に見えるけれど、やっぱり涉くんは優しい。弟の面倒を嫌な顔せずに見ている時点で、それはわかっていたけれど。

「桜、ひなげし病って知ってる？」

「ひなげし病……？」

聞いたことのない名前の病気だった。ひなげし、という花は知っているけれど。

ひなげしはたしか、ポピーの和名。

花言葉は『眠り』……だったかな。

詩織が以前に言っていたことを、私はなんとなく覚えていた。

「まあ、知らないよな。レアな病気だし。ここ10年くらい前に見つかったばっかりで、発症した人も、少ないし。俺の母親がかかっているんだけど」

「お母さんが……？　どんな病気なの？」

私がたずねると、渉くんは相変わらず実くんの様子を見ながら、淡々と語り始めた。

——ひなげし病。発症して、一度眠ってしまうと、５年から７年は起きない、原因不明の病。そのまま起きずに亡くなってしまうケースもまれにあるそうだ。

しかし、目覚めた場合は、長いリハビリ生活を送れば、発症前と同じような生活ができることもある。

渉くんと実くんのお母さんは、３か月前に突然発症し、それ以来ずっと眠り続けているそうだ。

ということは、最後に公園で会ったあの時、すでにお母さんは眠ってしまっていたのか。

「５年も……？　眠ったままになるの……？」

なんておそろしい病なのだろう。そんなにも長い間、一度も起きずに眠り続けてしまうなんて。

残された家族の寂しさを想像するだけで、やるせなく悲しい気持ちになってしまう。

「通常５年から７年で、最長は10年と２か月。起きずに死亡してしまうケースは、５パーセントくらいなんだって。だから母さんは、たぶんあと５年くらいは眠ってしまうことになる。もっと長くなる可能性もあるし……最悪の結果になることだって、考えられる」

「そんな……」

言葉につまる私。無邪気に微笑んで、ブロックをくっつけている実くんの姿が見える。

胸がキュッと締めつけられた。

「俺はとにかく起きてくれればいいと思っているんだ。何年かかっても。死ぬ確率は少ないし、いつかもとの母さんが戻ってくれるんなら、それでいいって。まあ、こんなふうに吹っきるのにも、相当時間はかかったけどな」

もし、私のお母さんが突然長い眠りについてしまったら。最低でも５年間は起きず、その間は一緒に過ごすことができないと知ったら――。

私だったら、きっと絶望の底に落とされてしまうだろう。

私だったら、渉くんのように、強く前向きな気持ちを持てるだろうか。

たった３か月足らずで、気持ちの整理をつけられている彼に尊敬の念を抱いた。

「――だから俺は大丈夫なんだ。だけど、実は……」

「実くんは、このことをわかっているの？」

　渉くんは首を横に振った。

「病気のことは言ったんだ。でも、５年っていうのがどれだけ長いのか、あいつにはわからないみたいで。『あと10回夜寝たくらい？』なんて、言ってる」

　実くんはまだ４歳。自我が芽生えて、まだ１年かそこらだろう。５年という月日が、どれほど長いものなのか、わかるはずがない。

　だけど、実くんはそれを理解していない方がいい気がする。幼いあの子にとって、あまりにも残酷すぎるから。

「他人に話したのは、桜が初めてだ。なんでかな……。桜がトラ子の面倒を見ている姿を、何度も見てきたからかもしれない」

　渉くんが目を細めて実くんを見ながら、寂しそうに少し微笑んで言った。

「どういうこと？」

「最初に会った時、桜は優しそうな顔をしてトラ子をかわいがっていたんだよ。だからすごく思いやりのある人なんだなあっていう第一印象だったんだけど」

「え、そうかなあ？」

「そのあともずっとトラ子のことを気にしていたし、実とも楽しそうに遊んでくれて。何度会ってもその印象はずっと変わらなかった。だからなんとなく、桜には俺のかかえている問題を言えたんだろうな」
「――そうなんだ」
私が思いやりある人なのかどうかは自分ではよくわからないけれど、渉くんがひとりでかかえていたものを相談してくれたのはよかったなあと思う。
「実も桜にはなついているよ。母さんのことがあってなかなか公園に行けなくなった時は『お姉ちゃんに会いたい！』ってよく言ってた。またこれからも公園で会ったらよろしくね」
「も、もちろんだよっ……」
私は力んで返答する。お母さんに甘えられない実くんの寂しさが少しでもやわらいでくれるのなら、私も嬉しい。
「――俺の話はこんな感じだ。で、桜は？」
渉くんが最初に事情を話してくれたから、打ち明けやすかった。
私は悠の記憶喪失のこと、それ以前の悠と私との関係を、順を追って渉くんに説明した。
「彼氏が、桜のことだけ忘れてしまって思い出せない？そんなことってあるんだな」
「うん。なんでよりによって私のことだけなんだろね。あーもう、神様意地悪すぎじゃない？」
私は自嘲気味に笑って言う。渉くんに打ち明けたことで、少し余裕ができた気がする。
心の奥深くに、辛い悲しみが巣食っているのは相変わらずだけど。

「桜。彼氏ってもしかして……俺が一度公園で会ったやつか？」
「え、どうしてわかったの？」
悠と渉くんは以前に一度公園で会って、少し話しただけだった。悠は私の“クラスメイト”だと自己紹介し、私は悠についての具体的な説明は省いていた。詳しく紹介したところで、どうせ覚えていないと思ったし。
しかし、本当になぜわかったのだろう？
「いや、なんとなく。やっぱりな、って感じだけど」
「なんで……？」
「べつに、気にするな」
少し気になったけれど、私にとってたいした問題じゃないので、渉くんに言われたとおり気にしないことにした。
「それにしても……おたがい大変だな。記憶喪失に、眠り病か……」
記憶がないとはいえ、私は悠と交流できるだけまだ救いがあるのかもしれない。拒絶されてしまったけれど。
渉くんも実くんも、お母さんとは会話することすらできないのだから。少なくとも５年は。
と思ったけれど、こういった辛さは比較するような事柄ではないので、私はそっと胸にしまい込んだ。
「そうだね」
「…………。俺と実は、母親の見舞いが終わったこの時間、毎日ラウンジに来ることにする。なにか困ったことがあったら相談してくれよ」

涉くんは、私をじっと見つめて静かに、しかしはっきりとそう言ってくれた。

——それが、今の脆弱(ぜいじゃく)な私にとっては、心強くて、頼もしくて。

「うん……！　私も毎日来るっ……。だから涉くんも、なにかあったら言って！」

嬉し泣きしてしまうのを堪えながら、私が笑顔でそう言うと、涉くんも口もとを笑みの形にして、うなずいた。

そのあと、実くんの遊びに少しだけ私たちは付き合い、「また明日ね」と言って別れた。

そのあとしばらくの間は、私は悠と直接会わず、一縷(いちる)の望みをかけ、ナースステーションの看護師さんに託す形で彼に花を送り続けた。

あれだけはっきりと拒絶されたのだ。もしかしたら、渡した花は捨てられているかもしれない。

だけど、看護師さんからは悠が拒否しているという理由で断られることはなかった。

それに悠は、罪のない綺麗な花を捨てられるような人じゃない。私のことは嫌いになったとしても。

そして、看護師さんに花を渡したあとは、私は涉くんと実くんと一緒に過ごした。

病院の中庭で鬼ごっこをしたり、ラウンジでお絵描きをしたり。

無邪気に微笑む実くん。それを微笑ましそうに見守る涉くん。

３人で過ごす楽しく朗らかな時間は、私の身に起こっている悲痛な出来事を、忘れさせてくれるくらいにおだやかだった。

そして今日も、私は渉くんと実くんと遊んでいた。さわやかな秋晴れだったので、病院の中庭で鬼ごっこをして。

「わー！　おねーちゃんはやいよぉー！」

「ふふ、私結構足には自信あるんだよー！　ほらー、もう捕まえちゃうよーっ」

私から逃げる実くんを笑いながら追いかける。まあ、すぐに捕まえないように多少手加減しているけれど。

そう、私は運動神経はそれなりによかったりする。とくに足の速さには自信がある。中学時代は陸上部に所属し、部長を務めたこともあった。

「──たしかに結構はえーよな、桜」

すでに私に捕まえられて、木陰で小休憩している渉くんが言う。

私たちがやる鬼ごっこのルールは、鬼になったひとりがほかのふたりを捕まえたら、鬼を交代するというもの。

──っていうか、渉くん男の子なんだし、本気出せば私より早いはずだよね……？　体も大きいし……。

まあ、彼が本気を出したら私は永遠に捕まえられないと思うので、ほどよく手を抜いてくれていたのだろう。

「つっかまえたー！」

「きゃー！」

実くんをうしろから抱きつく形で捕獲すると、彼は私の腕の中で楽しそうに身をよじらせる。

しかし全速力で走っていたようで、ぜーぜーと息を荒くしていた。

「も、もうー、おねーちゃん、はしるのはやいんだもーん。はあはあ……。つ、つかれちゃったあ、ぼく……」

そして膝に両手を置いて息を整えながら、口を尖らせて言う。私は苦笑を浮かべた。

「ふふ、ごめんねー。でもそういうルールだもーん」

「なんだよぉー。ぼく、みずのんでくる！」

そう言うと、実くんは中庭に設置されている水飲み場の方へと小走りで向かった。一瞬前まで呼吸が乱れていたのに、子どもの回復力はすごい。

「悪いな、桜。毎日付き合ってもらって」

蛇口の水をひねっている実くんを眺めていると、渉くんが傍らに寄ってきた。

「ぜーんぜん。私も楽しんでるから大丈夫だよ」

本心だった。ふたりと過ごすのは、一日の中でもっとも楽しい時間になりつつあった。

それに、実くんの無邪気で元気な姿を見ていると……。

「いろいろ、忘れられるしね」

私はぼそりとつぶやいた。私も渉くんも、毎日重い現実と向きあっている。

自分ではどうすることもできないけれど、あがいて、戦って、落ち込んで……そしてまた、戦って。

　私と遊ぶことで、渉くんも少しの間だけでも辛いことを忘れてくれているといいな。なんて、切なげに私を見る渉くんの瞳を見て、思った。

「恋人の記憶、まだ戻る気配ないのか」

　すると、渉くんが神妙な面持ちでたずねてきた。

　あれから悠には会っていないし、連絡もない。だから、悠の現状についてたしかなことは私は知らない。

　だけど、もし記憶が戻っているとしたら、悠の方から私に接触してくれるんじゃないかと思う。

　だって、私のことを好きだと、ずっと一緒にいようと言っていた悠に戻るということになるのだから。

「うん」

「そうか」

　渉くんが短くそう言ったところで、実くんが「おみずいっぱいのんだー！」と駆けよってきた。

　ふと、なんで渉くんはそんなことを聞いてきたのだろうと思った。けれど、実くんが鬼ごっこの続きをせがんできたので、まあいいか、と私は気にとめないことにした。

　そのあと、私たち３人は実くんが「つかれた！」と主張するまで中庭で遊び続けた。

＊＊＊

　俺の病室の窓は中庭が一望できるようになっている。

　入院中の時間潰（つぶ）しは、友人が持ってきてくれた漫画を読んだり、スマホを適当にいじったり、美香と他愛もない話をしたりすることが主だったけれど、なんとなくぼーっと窓の外を眺めることも多かった。

とくに外を見ることが多いのは、見舞い客のいない、ひとりの時間だ。例によって今日も、俺は孤独なその時間に外に視線を移す。

今日もあの子は、小さな男の子と、俺と同世代らしき男と中庭で遊んでいた。最近よく目にする光景だ。

男の子とその兄らしい男とは、以前に公園で会った記憶がある。金に近い髪に、鋭く綺麗な瞳の持ち主の男。忘れるわけなんてなかった。

中庭が臨める出窓には、たくさんの花たちが綺麗に置かれている。

プリザーブドフラワーという加工された花で、とくに手入れをしなくても長い間美しい姿を保てるらしい。母さんが言っていた。

美香は、「あんな嘘をつく子が持ってきた花なんて、大事にする必要ないのに」と、気に入らない様子。

だけど俺はあの子が持ってきた花をひとつも捨てずに、ひとつ残らず出窓に飾っていた。奏も飾るのを手伝ってくれることもあった。

花には罪はないのだから。

いや、花だけじゃない。……あの子にだって。

窓の外を見ると、相変わらずあの子の姿が見えた。楽しそうになにかを叫び、小さな男の子を追いかけている。鬼ごっこにでも興じているようだった。
活き活きとした笑顔を浮かべて、中庭ではしゃぎまわるあの子。見ているうちに、自然と涙がこぼれてきた。
どうして。
どうしてこんなことになってしまったんだろう。
どうして、よりによって俺が、こんなことに。
自分の運命を呪う俺。涙がとめどなくあふれ出てくる。
もうすぐ美香が来る時間になってしまうから、泣いた形跡(けいせき)を残してはいけないのに。
あいつが大げさに心配して、面倒なことになりそうだから。
だけどしばらくの間、涙は止まってくれなかった。
——窓の外のあの子の姿が見える度に、どんどん滴(したた)り落ちてく。
窓に背を向け、外の世界をシャットアウトして数分後、ようやく落涙は止まった。

＊＊＊

ナースステーションに悠への花を託し、そのあとの時間を渉くんと実くんと過ごす。私はそんな日々をまたしばらくの間繰(く)り返した。
もう２週間近く悠の顔を見ていない。『もう来ないでほしい』とはっきりと言われたあの日から。
悠の顔が見たくてたまらなくなっていた。できれば昔のように、私との時間を大切にしてくれる悠に会いたいけれど、この際そうじゃなくてもいいと思うようにすらなりつつあった。

たとえ邪険にされたとしたも、あなたにひと目会いたくてたまらない。

だけど、会いにいく勇気はどうしても出なかった。

そんなふうに葛藤していたある日のこと。私はいつものように、病院に着くなりナースステーションに向かった。

――すると。

遠くから、子どもの泣き声が聞こえてきた。泣き声というと、表現が少しソフトになってしまう気がする。

それはわめき声……いや、絶叫に近かった。病院のどこかで、小さな子どもが深い絶望に襲われている。

そしてその声が聞こえてきたのが、悠の病室の方だった気がしてきたので、私は不安を感じておそるおそる久しぶりにそこへ向かってみた。

しかし、結果的にその絶叫は悠の病室から発生しているものではなかった。悠がいるはずの305号室は、無機質な扉で静かに閉ざされている。

この中に、今も悠がいるんだな。

扉を開けたくなる衝動に駆られ、ドアノブに手をかける。しかし震えた私の手は、それを開けることはできなかった。やっぱり、まだ会うのが怖い。

そして再び子どもの絶叫の方が気になってきた私。

――この声、もしかして。実くん？

彼の声に似ていることに気づき、私はその声がする方向へと走りだす。

——すると。

「桜」

悠の病室から少し離れた、312号室の前には渉くんが立っていた。拳をぎゅっと握りしめて。

室内から聞こえてくるのは、小さな男の子が発していると思われる、あのわめき声。

やっぱり。実くんだったんだ。

「泣いてるの……実くん、だよね……？」

「ああ」

「いったい、どうしちゃったの……？」

渉くんはうつむき加減で、覇気のない声でこう答える。

「わかったらしいんだ、実」

「わかった……？　なにを……？」

「母さんが、これからどれくらい長い間眠ってしまうのかってことを」

「……！」

絶句する私。幼い実くんは、今までそのことを理解していなかった。５年以上という月日が、４歳の彼にとって、今までの人生以上に長いということを。

「今日、幼稚園で先生が読んでくれた絵本の中で、５年たった描写があったらしくて。登場人物たちがすごく成長しているのを見て。それで……」

実くんにとって、その月日は私たち以上に長いものに思えただろう。

ひょっとしたら永遠に、未来永劫……お母さんが起きることはない、と思ってしまったのかもしれない。

「おかあ、しゃん！　お、おかあ……さーん！　お、お、おき、てー！　おきて、よお！」

病室の中からは、実くんの嗚咽交じり声がひっきりなしに聞こえてきた。

聞いているだけで心臓が張り裂けそうになる。なんて残酷で、むごい現実なのだろう。

「渉くん」

「え？」

「中に入っても、いい……？」

おそるおそる私はたずねた。いてもたってもいられない。私にできることなんてないかもしれないけれど、実くんのそばにいてあげたかった。

渉くんは、実くんとお母さんをふたりっきりにさせてあげたくて、きっと部屋の外に出ているのだろうけど。

第三者の私が入ることで、実くんの気が少しでもまぎれればいいと思った。

「いいよ」

ためらうそぶりも見せずに、渉くんが了承した。私は深くうなずいて、そっと312号室へ入室する。

「おか……さんっ！　おかあさああんっ……！」

実くんの悲痛な叫びが今まで以上に大きく聞こえた。聞いているだけで辛くなってしまうが、私はゆっくりと、実くんへと近づいた。

実くんは、ベッドの隅にもたれかかり、布団に顔を突っぷしていた。ベッドには、金髪でロングヘアの美しい女性が、こんこんと眠っていた。

眠り姫、という表現がここまで似つかわしい人がいるのだろうか。

彫刻のように整った顔立ちに、煌びやかでツヤツヤの髪。

血色も悪くなく、心地よさそうな様は今にも起きてきそうだ。ベッドの傍らに備えつけてある、脈拍やらを表示している機械が、なんだか寂しい。

「おねえ……ちゃ、ん？」

私が傍らに立ったことに気づいたらしい実くんが、顔を上げた。涙と鼻水でぐしゃぐしゃの顔。汚いとは思わなかった。いたいけで、愛しいと感じた。

私はかがんで、実くんと視線を合わせる。彼は私に勢いよく抱きついてきた。

「おかあさんがっ、ぼくの、おかあさんがっ……！」

「うん……」

私はうなずいて、実くんの頭をそっとなでる。子ども特有のやわらかい毛質が、愛(いと)おしい。

「どうしてっ！　ねえ、どうしてっ、おきないのっ!?　ぼく、といっしょに……ひっく、いてよおおお！」

「っ……！」

それはあまりにも悲痛で、健気で、純粋な叫びで。

私はなにも言うことができない。本当にどうしてなのだろう。

実くんは、いちばん母親が必要な時期じゃないか。お母さんと一緒に過ごして、お母さんとご飯を食べて、遊んで、一緒におねんねして。

それがいちばん大切な時期じゃないか。

なんで神様はこんなことをする？　実くんがいったいなにをしたというのだろう。こんなの、ひどすぎる。

私はただ彼を抱きしめて頭をなでて、少しのぬくもりを与えることしかできない。彼のお母さんの代わりになんて、決してなれないのだから。

——と、思ったのだけれど。

「おね、ちゃんがっ！　ぼ、ぼくのほんとうのっ、おねえちゃんだったらぁ……い、のに！」

「——え？」

実くんに泣きながら思ってもみないことを言われ、虚を突かれる私。彼は私の腕の中で顔を上げ、私を泣き腫(は)らした目で見つめた。

「おねえちゃんはっ！　おねえちゃんとあそんでるときは、さびしくなくてっ！　おねえ、ちゃんがい、いてくれればっ。ぼ、ぼくおかあさんがおきるまで、まてるっ」

「え……」

そうなの？　私がいれば、実くんの悲しみがやわらぐというの……？

実くんはそのあとしばらく号泣していたけれど、そのうち泣き疲れたのか、私の膝の上で眠ってしまった。

するとと実くんの声がやんだことに気づいたらしい渉くんが、病室に入ってきた。
「——ごめん、迷惑かけて」
私に膝枕をして眠る実くんを見て、渉くんが辛そうに言う。私は無言で首を横に振った。
渉くんは、私の横に腰を下ろし、実くんの寝顔を眺める。そしてしばらく無言でいたあと、こう言った。
「実は、桜と最初に会った時から」
「え……？」
お母さんか実くんの話をするのかと思っていたのに、まさかの自分の話で私は驚愕（きょうがく）する。
そして渉くんは、さらに驚くべきことを言った。
「俺は桜に惹かれてた。猫にも、実にも優しい桜に」
目を見開いて、渉くんを見つめる私。彼はまっすぐによどみのない瞳で私を見ていた。
「俺と恋人になってくれないか」
ゆっくりと、しかし強くはっきりと彼は言った。とまどう私だったけれど、彼はさらにこう続けた。
「桜といると心が落ち着く。ほかの女の子と一緒にいたこともあったけれど、こんなに安らいだ温かい気持ちになるのは初めてだった。公園で会っていた時から好きだったけれど、病院で再会してから俺の心に寄り添ってくれる桜のことが、ますます好きになってしまった。——一緒にいてほしいんだ」
私の心は、一瞬揺らいでしまった。

悠の記憶はいつ戻るかわからない。ひょっとしたら、一生戻らないかもしれない。

そんな不確定なものにすがるより、今現在私を必要としてくれる渉くんや実くんのそばにいた方がいいのではないだろうか。

彼らは最愛の母親を半分失っている。

それに私だって……大好きな悠を失いかけている。

大事な人を失いそうな者同士で、一緒にいた方がいいんじゃないか。

いや、ダメだ。

気持ちが揺らいだのは、ほんの一瞬だった。

ダメだ、そんなことを考えては。あきらめてはダメなんだ。私も……渉くんも、実くんも。

彼らは母親を信じて待たなければならない。ここで私が、彼らの寂しさを埋(う)めあわせるような存在になってしまったら、きっとすべてがダメになってしまう。

そして、私も。ここで渉くんに寄りかかってしまったら、もとの悠は一生帰ってこない気がした。

理屈じゃないんだ。信じて戦わないと、大切な人は、永遠に失われてしまう——そんなふうに思えて。

「ごめんなさい」

私は強く意志を瞳にこめて、渉くんと視線を合わせた。そして、声に力をこめて言った。

渉くんは、しばらくの間無表情で私を見ていた。そして、私から目をそらし、バツ悪そうに微笑んだ。

「そう言うと、思った」
　どういう意味かわからない。なんでそれがわかっているのに、私に彼は思いを告げたのだろう。
　しかし、次の彼の言葉はひどく腑に落ちるものだった。
「俺は桜のそういうところに惹かれたんだ。ここで俺の方にあっさり来るようなら、きっと俺は桜を好きになってない。なんだか、矛盾してる気がするけど」
「ほんとだね」
　私は小さく笑った。
　私のことを、そこまで見つめてくれていたなんて。
　単純に、嬉しかった。
「今までのように、友人として仲よくしてほしい。実にも」
「もちろんだよっ……！」
　私は食い気味に言った。渉くんのことも実くんのことも、私は大好きだ。私にとって、すでにかけがえのない大切な人になっている。
　もちろん、悠に対しての「好き」とは、まったく異なるものだけれど。
　すると渉くんは、やわらかく微笑んだ。
「よかった。──桜の恋人の記憶が戻るように、祈（いの）ってるよ」
「ありがとう。私も、ふたりのお母さんが１日でも早く目覚めますようにって、祈ってる」
　私と渉くん。ふたりの祈りが交差した。
　──きっと、叶（かな）う日がくる。私たちの大切な人が、目覚めてくれる日が。

ひなげしの魔法

私の膝の上で眠ってしまった実くんを渉くんに託してふたりと別れたあと、私は一目散にある場所へと向かった。

悠がいるはずの、305号室へと。

渉くんの想いを聞いて。実くんの悲痛な叫びを聞いて。私はいても立ってもいられなくなってしまったんだ。

このまま、看護師さんに花だけを預けて、悠と顔を合わせない日々を続けていたら。悠の記憶は一生戻らない気がする。悠を信じていない気さえする。

迷惑がられたとしても、たとえ嫌われたとしても、私は今の自分のたしかな気持ちを、悠に伝えなければ。

この先なにがあろうと、あなたを信じてずっと待っている、って。

305号室の前に着くと、私はためらわずにドアをノックした。はーい、という愛しい声が聞こえてきた。私はドアを開けて中に入る。

「折原さん」

悠は驚いたように私を見ていた。激しく拒絶されることも覚悟していたけれど、そんなそぶりはなかった。

なぜか、切なそうな顔をしたようにも見えた。

「少しだけ、久しぶりだね。具合はどう？」

「まあ……悪くはない、かな」

歯切れの悪い返事をする悠。そういえば、もう入院してずいぶんたつ。以前にも少し気になったけれど、交通事故に遭ったとはいえ、ただの骨折でこんなに入院が長引くものなのかな？

まあ、私にはよくわからないけれど。

今はそんなことを気にするより、やるべきことがある。

「なにか、用？」

機嫌がいいとも悪いともいえない、淡々とした声音で悠がたずねる。なにを考えているかわからない。

――だけど。

彼の傍らの出窓には、色とりどりの花々が所狭（ところせま）しと飾られていた。

今日看護師さんに預けたばかりのものも、昨日や一昨日贈ったものも、入院したばかりの日に、初めて届けたガーベラのプリザーブドフラワーも。

見た限り、ひとつとして捨てられていない。私が悠へと贈った花たちは、ひとつ残らずそこに存在していた。

ああ、やっぱり。

悠は悠の、ままなんだね。私のことを、忘れてしまったとしても。

「ちゃんと、言おうと思って」

「なにを？」

私は悠を強く、深く見つめた。彼は少したじろいだようだった。瞳に動揺の色が走ったのが見えた。

私は左手の薬指につけている、ガラスドームのサクラの指輪を、右の人さし指の腹でそっとなでた。私たちの約束が、たしかに存在した証を。

「私、ずっと悠を信じてる。ずっと待ってる。何年、何十年たとうと。――いつまでも、待ってる」

悠に告げた、全身全霊の決意。私はもう、揺るがない。うしろ向きになったりしない。

もう、泣かない。

私は悠が大好きなんだ。記憶がなくなったくらい、なんだ。生きてさえいれば、そんなことどうにでもなる。

大好きな人を信じなくて、いったいどうするというの？

悠はとても驚いたようで、目を見開いてしばらくの間私を見ていた。口も半開きで、ぼけたような顔をしている。

思えば、悠を驚かせたのはこれが初めてかもしれない。いつも私の方が、彼にドキドキさせられていたのだから。たまには私だって。

「……そんなこと言われても」

悠は、私から目をそらして、か細い声で言った。うつむいてしまったので、彼がどんな顔をしているのかはわからない。

「前にも言ったでしょ？　折原さんに関する記憶が戻らないって。……一生、戻らないかもしれないんだよ」

「戻るよ、きっと。——ううん、たとえ戻らなかったとしてもいいよ。……昔の記憶なんてなくたって、もう一度悠の大切な存在になれるように……悠に寄り添えるように、私はがんばりたいの。悠と交わした『ずっと一緒にいよう』っていう約束を、なかったことにしたくないの」

悠はしばらくの間黙った。相変わらず表情はうかがいしれないけれど、彼の肩が少し震えているように見えた。

どうしたんだろう？　もしかしてどこか痛いのかな。

——と、私が心配になっていると。

「ごめんね。覚えてなくて、思い出せなくて。折原さんと交わした約束も、その指輪のことも……。やっぱり俺には、なんのことなのかわからないんだ」

優しい口調だった。嫌悪感や拒絶は、いっさい見受けられない。ただ悠の、申し訳ないという気持ちが伝わってくる。

「いいよ。もし、悠が私のことをもう一度好きになってくれたら。……そんな約束なら、またいつでもできるから」

自然に顔がほころんだ。少し前までは、なんで悠の記憶が戻らないのだろう、どうして私のことだけ、なんでこんなことに……とばかり、考えていたけれど。

どんな悠だって、私は大好きなんだ。だからひたすら彼を信じればいいんだ。

私のその想いは、まるで深く根を張った丈夫な大樹のように、まったく揺らぐ気はしなかった。

悠はもう、なにも言わなかった。長い間、うつむいたまま無言を貫き通す。どう思われたのだろう。

しつこいって、嫌われてしまったかもしれない。まあ、もう来ないでって言われたくせに、ノコノコ来て、ずっと待ってるなんて言って。

うざがられても無理はないかもしれないなあ。

だけど、私はもうそうすることしかできないんだ。悠を信頼してただ待つことしか。あきらめることは、私のすべてが拒否しているから。

「またね、悠」

　そう言うと、私は踵を返して病室から出ようとした。

　退出直前、「また」と言う悠の声が聞こえた気がしたので振り返ったけれど、彼は相変わらずうつむいたままだったので、私はそのまま病室をあとにした。

　病院を出たあと、私が向かったのは学校近くのファストフード店。

　実は、もう少しで定期テストがあるのだけど、悠のことでまったく勉強に身が入っていない私を見かねて、詩織と加奈ちゃんがテストの要点を教えてあげる、と誘ってくれたのだ。

　悠が入院してからというもの、家ではまったく勉強していないし、授業中も上の空だったので、ありがたいことこの上ない。持つべきものは友達だなあ。

　――と、思っていた私だったのだけど。

「桜ー！　全然頭に入ってないでしょ!?」

「――はっ」

　なかばふざけながら口を尖らせた詩織にそう言われ、ぼけーっとしていた私はやっと我に返る。

「もう、ほんとにヤバいよ？　テストすぐなのにさ」

「はは……」

　やっぱり、悠のことで頭がいっぱいで、勉強に身が入らない。テーブルにノートを形だけ広げ、ポイントを説明してくれている詩織の言葉をただ聞き流してしまっていた。

すると、詩織の隣に座り、私の教科書の重要な箇所にマーカーしてくれていた加奈ちゃんが、苦笑を浮かべた。
「まあまあ、詩織。しょうがないじゃんか。桜っちは今大変な時なんだしさ。今回のテストはさ、赤点回避(かいひ)して追試にならなければいいんじゃないのー？」
「うーん、それもそうか。桜は頭いいっぽいし、ちょいもったいないけどなあ」
「——いや、べつに頭はよくないけど私」
たしかに夏休み前のテストはそこそこ高得点は取れたけど、あれは１学期友達がいなくてやることがなくて、暇だから勉強をしていただけだからである。なんて寂しい青春。
「とにかくっ。追試になったら面倒なんだから、最低限の要点だけ覚えよ、桜」
「私が線引いたとこだけ覚えればたぶん大丈夫っしょー」
ふたりはそう言うと、私のノートにポイントをまとめたり、教科書の要点を目立つように色をつけたりし始めた。
「うう、ありがとうふたりとも」
悠の記憶のことなんて、ふたりにはまったく関係ないのに。それにふたりだって、テスト前は自分の勉強をしたいはずなのに。
ふたりの友情に、私は思わずジーンとしてしまった。
そんなふたりの気遣いを無駄にしちゃいかんと、さすがに私はすでに加奈ちゃんが線を引き終えていた日本史の教科書を、ふむふむと眺めだした。
そのあと、作業を一段落させた私たちは、飲み物をすすりながら小休憩をとった。——すると。
「あ！　なにこの指輪！　かわいいー！」
　私の薬指にはまっている、ガラスドームのサクラの指輪を見て、詩織が目を輝かせた。
「おっ。ほんとだー！　桜っちの名前にぴったりのやつー！」
　すると加奈ちゃんも指輪に顔を近づけて、指輪をまじまじと眺めだした。
　そういえば、ふたりにこの指輪をちゃんと見せるのは初めてだった気がする。
　——悠との約束の証を。
「う、うん。……ありがとう」
　ふたりに指輪のことを言われ、あらためて切なさが心に宿る。すると私が表情を曇らせてしまったせいで、詩織がなにかを察したようだった。
「もしかしてこれ。中井くんにもらったの？」
　詩織の隣にいた加奈ちゃんが、はっとしたような顔をした。
「——うん」
　私はバツ悪く笑った。常に私と悠のことを心配してくれているふたりは、ほとんどの事情を知っている。
　ただ、最近悠に拒絶されたことは、さすがに言えなかったけれど。
「まだ……記憶戻る気配、全然ない……？」
　おそるおそるたずねてきた詩織に、私はコクリとうなずいた。

「──そっか。早く戻るといいね」

「うん……」

「ほんとだよ。こんなかわいい指輪まで桜っちにプレゼントしたくせにさあ」

しんみり言う私と詩織の横で、加奈ちゃんがブーたれる。するとそれに触発されたらしい詩織も顔をしかめて、冗談交じりに悠への非難を始める。

「ほんとそれ！　こんな婚約指輪まであげといて、忘れるとか、ないわー！」

「うんうん！　責任とってよ！」

「ほんとだよっ。記憶とかどうでもいいから、もうなにがなんでも結婚してもらわないとだよー！」

婚約指輪だの結婚だの、ふたりの話が飛躍しすぎていて、私は「いやあ……」と、あいまいに言葉を濁す。

でも、あの時悠も言っていたんだよなあ。

婚約指輪みたいだねって。いつか本物をあげるって。

──ずっと、一緒にいようって。

だけど、今日の悠はこう言っていた。

『折原さんと交わした約束も、その指輪のことも……。やっぱり俺には、なんのことなのかわからないんだ』

って。

──ん？

待って。ちょっと、それってどういうこと？

悠は私に関することはなにも覚えていないと言っていた

はず。私に関することの記憶は抜け落ちているって。

——それならどうして。

なぜ彼はこの指輪が、自分も関係しているものだと思ったのだろう。

その指輪のことは覚えていない、と悠は今日言ったのだ。それは、彼が指輪の記憶を失っていると、思っているということ。

私は記憶をなくしてからの悠に、この指輪が悠にもらったものだと言ったことは一度もない。

「ん。どうしたの……？　桜」

急に考え込みだした私に気づいた詩織が、心配そうに私を見てきたので、はっとしてとっさに私は笑顔を作った。

「え？　なんでもないよ。——そろそろ勉強の続きしよっかな」

「そう？　うん、それじゃがんばろー！」

「桜っちの赤点回避のために！」

そのあとふたりと一緒に、テストのポイントだけなんとか覚えた私だったけれど。

悠の指輪の記憶に関して、どうしても引っかかった。ある仮説すら、頭をよぎる。

——もしかして。もしかして悠は。

悠の記憶は、もうすでに——。

日がすでに落ちた頃に帰宅すると、お母さんがキッチンに立って夕飯を作っていた。

——あ、今日は日勤だったんだ。最近お母さんのシフトを確認する余裕もなかった。

「ただいまー」

「おかえりー。もうすぐ晩ご飯できるからねー」

「うん」

そして数分後に完成した夕食の配膳を手伝い、私はお母さんとふたり、食卓に着いた。

悠が入院し、記憶喪失だと発覚した直後は、ショックのあまりご飯もほとんど喉を通らなかったけれど、最近は食欲も幾分か復活してきた。

デミグラスソースのかかったハンバーグをひと切れ口に入れる。相変わらず、お母さんの料理は絶品だ。

しかし、頭の中は先ほどファストフード店で思いついたことでいっぱいで。ときどき話しかけてくるお母さんに、気のない返事をしてしまっていた。

——すると。

「桜、悠くんと今日なにかあった？」

「あ……」

案の定、お母さんに突っ込まれた。心配そうな顔をしている。まあ、上の空でぼーっとご飯を食べる娘の異変に、気づかない親なんていないか。

お母さんには、悠と私の間に起こったことをすべて話していた。彼女は、私が落ち込んで帰宅する度に、真剣に話を聞いてくれていた。

その度に、『なにか困ったことがあったら、お母さんに言うんだよ。お母さんはどんな時でも桜の味方だからね』と私を励ましてくれていた。

「――お母さん。私」

　私はいったん箸を置いた。

「ん？」

「悠が……なにを考えているか、わからない」

　もし、私がさっき行き着いた考えどおりのことが、悠に起こっていたとしたら。

　悠はどうして、私に対してあんな態度を取るのだろう。

「……嫌われちゃったのかも、もう」

　泣きそうになるのを堪えて、弱々しく私は笑う。お母さんは神妙な面持ちで私をじっと見たあと、口を開いた。

「お母さんはね、悠くんがなにを考えているかはわからないけど」

「――うん」

「私の桜が好きになった人だもん。きっと、桜と同じように優しい心を持っているに違いないって思う」

　お母さんの温かい言葉に、今度は別の意味の涙が出そうになる。抱いていた悲しみがほんのりとやわらいでいった。

　――お母さんの言うとおり。悠はいつだって優しかった。記憶をなくす前はもちろん、記憶喪失になってしまったあとも。

　だって、私が贈った花のすべてを、後生大事に飾っているのだから。

「だからきっとね、桜にとってわけのわからない行動を悠くんがとったとしても、なにか理由があるんじゃないかなって思うの」
「理由……」
「うん。だから、桜は安心して大好きな人を信じなさい。もし悠くんが桜を傷つけるようなことをしたら、私がぶん殴ってやるんだから」
「ぶ、ぶん殴るのは、ちょっと……」
「あらー、そう？　……そうよねえ」
　私たちは顔を見合わせて笑った。
「まあぶん殴るはちょっと過激だったかなあ。でも、桜が傷つくようなことがあったら、私が守るんだからね！　だから、桜は悠くんに寄り添ってあげればいいの」
　信じて、寄り添って。
　そうだよね。私が大好きになった、優しくて、かっこよくて、猫も花も大切にしてくれる悠だもん。
「お母さん、ありがとう」
　私が真剣にそう言うと、「な、なによー、いいのいいの！」と、お母さんは照れ隠しをするようにふざけた。
　明日。明日また悠のところへ行こう。
　そして、彼にたずねよう。
　私が先ほど行き着いたある考えを。
　——もう、あなたの記憶は戻っているんじゃないか、ということを。

　翌日の土曜日。

私は面会開始時間の午前９時ぴったりに、病院に着いた。
そして、305号室へと向かった。いつもどおりに、詩織が作ってくれたプリザーブドフラワーを持って。
しかし病室の前に着くと、いつもと状況が少し違っていることに気づいた。
305号室のドアが少し開いていて、中から男女の言い争うような声が聞こえてきたのだった。
ドアが開いていたこともあり、私はノックもせずにそっと中へ入った。——すると。
「ねえ悠！　どうして!?　どうしてなの！」
美香ちゃんが、涙目になりながら悲痛な声で、なにやら悠を問いつめている。
彼はいつものように、ベッドの上に座っていた。——うつむいていて、表情をうかがい知ることはできない。
「だから、べつになんでもないって」
そして悠は、覇気のない、低い声で言った。
「なんでもないわけないでしょ!?　どうして最近ずっと暗い顔してるのっ。……私が話しかけても、なんで毎回空返事なのよっ!?」
え。
そうなの？　悠、最近そんな調子なの？
昨日久しぶりに会ったけどあんまり話さなかったし、それまではしばらく顔を見ていなかったから、知らなかった。
悠に会っていなかった期間のことはもちろんわからないけれど、少なくとも拒絶されたあの日より前は、元気がないとか暗い顔をしているとか、そんな様子はなかった気がする。

おだやかで優しくてマイペースな、いつもの悠だったと思う。もちろん、私に関する記憶がないことを除いてだけれど。

「そんなことない。美香の気のせいだよ」

「気のせいなんかじゃないっ！　……なんで。なんでなの!?　やっぱり、あのことを考えて暗くなっているの!?　……私がずっとそばにいるから、大丈夫だって言ったじゃないっ！　だから……ねえ、私をもっと、頼ってよ……！　なにか悩んでることがあるなら、言ってよ！」

美香ちゃんは、とうとう泣きだしてしまった。しかし悠は、うつむいたままなにも答えない。

彼女の気持ちが痛いほどわかる。

悠のことが大好きだから、大切だから、悲しいことや辛いことがあったら、頼ってほしいのだ。負の感情を共有して、半分こしたいんだ。

共有されずに、部外者扱いされることが、いちばん悲しいんだ。

――それにしても、あのことってなんだろう。事故で怪我をし、部分的な記憶喪失をした以外にも、悠には私の知らない事情があるのだろうか？

私がそんなことを考えていると。

「折原さん。来てたの？」

悠が私に気づいたようで、ちょっとだけ顔を上げて話しかけてきた。

色白の顔が、今日はさらに青白く見える。目の光もよどんでいる。美香ちゃんの言うとおり、今の悠には活気がまったくない。

美香ちゃんも私に気づいたけれど、今日は悪態をつく元気はないらしい。私の顔を一瞥したあと、ぷいっと目をそらした。

「うん。——今日は悠に聞きたいことがあって来たの」

「聞きたいこと？　なんだろ」

もしかしたら。今の悠が元気のない理由に、私が昨日気づいたことが関係しているのかもしれない。

私は意を決して、こう言った。

「悠……もう、戻っているよね？」

「えっ……？」

「記憶、戻っているんでしょ？」

＊＊＊

「記憶、戻っているんでしょ？」

桜がはっきりとそう言った。口調こそたずねている感じだったけれど、その瞳には確信めいた強い光が宿っている。

傍らの美香から「——え!?」と驚きの声が漏れたのが聞こえた。

桜のそぶりから考えると、ごまかしは利かなそうだった。彼女は確実に気づいている。

俺が一時失っていた彼女に関する記憶を、すべて取り戻していることに。

「どうして、わかったの？」

俺がそう言っても、桜はやはり驚いたような表情はしなかった。口を引き結んで、神妙な面持ちで俺を見つめる。美香は目を丸くしていたけれど。

「指輪のこと、だよ」

「どういうこと？」

「……悠は私に関することを全部忘れていた。そのはずなのに、昨日言ったの。『その指輪のことは覚えていない』って。私のことを全部忘れているなら、この指輪が忘れた記憶に関連するものだって、わかるはずないから」

「……なるほどね」

俺は自嘲気味に笑う。

そう、桜の言うとおり。

俺の記憶は、少し前にすべてが戻っていた。

それは、ある日桜が置いていった卵焼きを食べた瞬間だった。

桜は入院中に何度か卵焼きを持ってきてくれていたが、実はそれを食べる度になつかしいような……消えた記憶がよみがえりそうな気配がしていたのだった。

そしてそんなことが何回か続いたある日のこと、俺が卵焼きを口に入れた時に。

『あれくらいなら、い、いくらでも作るよっ……』

学校の屋上で、そう言っていた桜の顔が思い起こされたのだった。俺が事故に遭う前の、桜と仲睦まじかった頃の思い出が、最初によみがえって。

俺はすべてを思い出したんだ。

だから、桜が今の状態の俺に嘆き悲しんでいることも、美香がこの状況を利用して俺の彼女に成りすましていることも、気づいていた。

だけどこれでいい。これでいいんだ。

俺は桜とは、一緒にいられない宿命にあるから。事故の前から、いつこのことを打ち明けて、別れを告げようかずっと悩んでいた。

たぶん、桜に対してずっとうしろめたい想いがあったから、俺は事故の衝撃で彼女に関する記憶を消失してしまったのだろう。

記憶が戻った時、俺はいい機会だと思った。桜は俺が記憶のない間も懸命にお見舞いに来てくれていたけれど、きっといくらかは気持ちが離れていたに違いない。

だから、このまま離れてしまおうと思った。それで「もう思い出せないから、見舞いに来ないでくれ」と、冷たく突きはなしたのだった。

正直に自分の事情を話すのが、怖いという想いもあった。なんて臆病で、卑怯（ひきょう）な自分。

母さんと奏にも、そんな俺の想いを打ち明けて、協力を仰いだ。母さんは悲しそうに承諾（しょうだく）してくれた。

奏は、その時に俺の体の状態について初めて打ち明けたので、かなり動揺していたけれど。

それでも『おねーちゃんには、そうした方がいいよね』と泣きながら言っていた。

俺の思惑に反して記憶を取り戻したことがあきらかになってしまったが、きっと桜は俺のことを嫌いになっただろう。

だって、あんなに『好きだ、ずっと一緒にいよう』と言って、好きあっていた思い出があるにもかかわらず、もとの関係に戻らず、彼女と偽る美香と一緒にいるような男だ。

きっと適当で軽薄なやつだと思われただろう。

桜はしばらくの間黙りこくって、無表情で俺を見ていた。

さあ、俺を罵倒してくれ。そして俺から離れていってくれ。なにも知らないうちに。

「記憶が戻れば、悠は私のところに帰ってきてくれるんだと思ってた。今までは記憶が戻りますようにってずっと願ってたし、最近ではたとえ戻らなくても、また悠に好きになってもらえるように、がんばろうと思うようになってきてた。——私は悠のことが、好きだから」

桜が淡々とした口調で、表情を変えずに言う。きっと次に続く言葉は、俺に対する非難——そう思った。

——だが、しかし。

桜はゆっくりと口角を上げ……微笑んだのだった。優しく俺を包み込むような、慈愛に満ちた笑み。

まったく想像していなかった桜の表情に、俺は虚を突かれて硬直する。

「きっと理由があるんだね。——戻ってきてくれない理由が。それなら私はそれでいい」

　桜の瞳が潤む。しかし、その綺麗な顔には、相変わらず微笑みが浮かんでいる。

「私のことを嫌いになったのかな？　……まあ、それでもいいよ。私は悠がそうしたいなら、悠が幸せなら……それで、いい」

　そして桜は俺から顔をそむけ、病室のドアの方へと歩いた。ドアノブに手をかけ、退室しようとする。

　そして病室から半分出たくらいで、彼女は振り返り、俺の方を見た。

「さよなら」

　彼女は泣きながら笑って、短くそう言うと、出ていってしまった。

　俺はベッドの上で全身を震わせた。

　桜の優しさに。底知れない深い愛情に。俺は嗚咽を漏らして、号泣する。

　――すると。

「なによ、これ……。こんなの無理！　私には無理！　こんなの……！　あの子のこんな身の引き方……！」

　俺の傍らに立っていた美香が、わなわなと身を震わせて、信じられないという顔をしていた。

　そして美香は、俺の方を睨みつけた。忌々しげに。

「こんなの……私が入る隙間なんてないじゃん！　バカみたい……悠を手に入れるために嘘ついて、あの子を傷つけて、優越感(ゆうえつ)にひたってた自分が……！　バカみたいじゃんかっ！」

美香は小走りで病室の出口へと向かい、退室間際にこう叫んだ。

「あんたにはあの子がお似合いだよっ。——全部あの子に話してやる！　あの子に悠の病気のこと、全部話してやるんだから！」

部屋から出ていったあと、美香は乱暴に病室のドアを閉めた。パタパタと彼女が廊下を走る音が、壁越しからも聞こえてきた。

＊＊＊

さようなら、悠。今までありがとう。

私は悠のことを誰よりも信じている。だから、記憶が戻ったのにもかかわらず、私のもとへと帰ってこないということは。

悠にとって、そうした方がいい理由があるからなんだ。

——その方が、悠はきっと幸せなんだ。

もちろん、悠と離れることは悲しい。なんで、どうしてと追いすがって、無理やり隣に居座ってやりたいという思いも強い。

——だけど。

私の一番の願いは、悠が幸せになること。それは私の幸せと、同じことなんだ。

だから、私は悠にさようならをする。

私はそんな強い決意を胸に秘め、病院の敷地から外へ出ようとした。

するとその時。

「ちょっと！　折原さんっ、ま、待ちなよっ！」

背後から必死に私を呼び止める声がして、私は足を止めて振り返った。

声の主は美香ちゃんだった。全速力で私を追いかけていたらしく、肩を上下させて荒く呼吸をしている。

「あの……はあ、はあ……」

美香ちゃんは、なにかを言いかけたが、息切れが邪魔をして声にならない。私は無言で彼女の息が落ち着くのを待った。

どんな話をしにきたのだろう。

「ねえ、ひなげし病って知ってる？」

そしてしばらくしてから、美香ちゃんがそう言った。

「え……知ってるけど……」

渉くんと実くんのお母さんがわずらっている病気。発症すると、５年から７年もの間眠り続けてしまうという、おそろしい病。

なんでいきなり、その病気の話になったのだろう。

と、思った私だったのだけれど。

「それなら話は早いよ。悠はひなげし病にかかっているの。――もうすぐ眠ってしまうんだ」

衝撃的なことを美香ちゃんに言われ、耳を疑う私。

え。悠が、ひなげし病に……？　渉くんたちのお母さんと同じ病気に……？

ってことは、もうすぐ長い間眠ってしまうってこと？

「だから悠はあなたに……。辛い想いをさせないために、あなたから離れようとしたんだよ。記憶を取り戻したのにそれをあなたに伝えなかったのは、きっとそういうこと。私は悠の記憶が戻っていたことに、気づかなかったけれどね」

ぼうぜんとしてなにも言えない私だったが、美香ちゃんの言葉が心にどんどん突きささってくる。

悠は、私のために。私を長い間、深く眠る自分の隣でひとりにさせないために。

私から離れようとしたんだ。

でもそれは。それは違うよ。悠。

そんなの、ますます離れるわけにはいかない。もっともっと、悠のそばにいたくなってしまった。

もう絶対に、離れてやらない。悠をひとりにしない。

「早く悠のとこに戻って。……あいつにはあなたしかいない。悔しいけどね」

美香ちゃんは、挑戦的な視線を私に浴びせた。嘘をついてまで、悠のそばにいようとしていた彼女。

「私は悠が事故に遭う前から、ひなげし病のことを知っていたの。私はそれでもずっと悠のそばにいようと決意した。ぽっと出のあなたなんか、病気のことを知ればすぐ逃げていくと思った。――だから」

「悠を傷つけたくなくて、私を追い出して彼女になろうとしたんだね」

美香ちゃんはこくりとうなずいた。

以前に、悠のお母さんが言っていたことを思い出した。そう、あれは美香ちゃんが悠の彼女だと言いはり、私の立場が危うかった時。

『だから、美香も悠が悲しむようなことはしないと思うのよ』

嘘をついた美香ちゃんの人間性について今まで疑問に思っていたけれど、悠のお母さんの言うとおりだった。

彼女は本当に悠のことが大好きで、彼を傷つけたくない一心で、嘘をついた——優しい女の子だったんだ。

「でも……あなたはきっとそんな子じゃないってわかった。さあ早く悠のもとへ戻ってあげて」

私は深くうなずく。そして踵を返して病棟へと急いで戻ろうとした。

「悠が眠りから覚めるまで待っていないと……許さないんだからねっ……！」

走る私の背中に、美香ちゃんのそんな叫び声が浴びせられた。

彼女の断腸の思いを受けて、私はさらに固く決意する。

なにがあっても、この先なにがあったとしても。私は絶対に悠のそばにいる。

——美香ちゃん、ありがとう。

「美香から、全部聞いたの？」

私が病室に戻ると、悠は開口一番、そう言った。弱々しい笑みを青白い顔にたたえながら。

「聞いたよ」

短くそう言うと、私はベッドの上で上半身だけ起こしている悠の傍らに立った。

「ひなげし病のことがわかったのは、夏休み明けすぐのことだった。今年に入ってから、夜眠っても昼間やたらと眠いことが多くて、夏休みが終わってからとくにひどくなって。そんな様子を見かねた母さんが、俺を病院に連れていったんだ」

高校に入学したての4月から、悠はやたらと授業中の居眠りが多かった。最初は自由な人なんだなあ、くらいにしか思っていなかったんだけど。

9月に入ってからは、だるそうにしていることが多くて、私も心配になっていたほど。そんな時に、悠が交通事故に遭ったのだった。

「発症まで……俺が眠ってしまうまで、あと数か月だって医者に言われたよ。だから俺は桜に早くそのことを伝えて、別れようと思ったんだ。これから5年以上も眠っているだけの彼氏なんて、いたって意味がないと思ったから。だけど……」

悠は私を見る瞳に、切ない光をこめた。

「できなかった。桜と一緒にいる時間が楽しすぎて、幸せで。早く言わなきゃいけないのに、その時間を手ばなしたくなくて。……それで、そんなふうに迷っているうちに、俺は事故に遭って桜のことに関してだけ記憶喪失になってしまった」
「そうだったんだ。それで、記憶が戻ってから、私から離れようと……」
　悠はゆっくりとうなずいた。
「美香が俺の彼女だって言いはっていて、おそらく桜が以前よりかは俺に会いづらくなっていると思ったから……そのまま、離れてしまおうとした。だから桜に冷たいことを言った。……会えば会うほど、別れづらくなっちゃうからさ」
　卑屈な微笑みを浮かべる悠。
　悠は間違っている。私は……。
「私は悠が何年眠りにつこうと、離れる気なんてないよ。事故の前に言われても、絶対に同じことを言うよ」
　私はきっぱりと断言した。悠は驚いたようで、目を丸くした。
「でも。本当に起きないんだよ。もしかしたら……そのまま目覚めないかもしれない。そんな俺に、君を巻き込むわけ――」
「そんなの。忘れられることに比べたら、全然マシだけど？」
　私は悠の言葉を遮って悪戯っぽく笑って言う。
　まあ、さすがにそのまま目覚めない、っていうのは考えたくないけれど。でも、ひなげし病で死に至る確率は低いし、そんなうしろ向きなことを考えても、なにもならない。
　そうでなくても、人間がいつ死ぬかなんて誰にもわからないんだから。そんなことを考えたって意味はない。
　数年かたてば、悠は絶対に帰ってくる。そう受け止めれば、そんなの辛いなんて全然思えない。
「――うわ。ごめん、ほんと。愛しの彼女を忘れるなんて、サイテーっすよねー俺」
　すると悠もふざけた調子で言う。ああ、久しぶりだ、この感じ。悠だ。私の大好きな悠が、帰ってきてくれた。
「ほんとそれ。まったく、大変だったんだからー、悠にはよそよそしくされるし、美香ちゃんには目のかたきにされるしさー。私のメンタルは崩壊寸前だったんだからね？」
「面目ないです」
「うーん。まあ、悠だから特別許してあげる。――目覚めたら、たっくさんいろんなところに行って、いろんなことして、ずっと一緒にいてくれるって、約束してくれたらね」
　すると悠は、うつむいてしばらくの間黙った。そして顔を伏せたまま、おそるおそるこう言った。
「本当に、それでいいの。５年、下手したら７年だよ。高校、大学っていう、人生の楽しい時間を、俺のために犠牲にするんだよ。俺は桜に辛い思いをさせたくないんだよ」
「犠牲だなんて思わない。辛いとも思わない。言ったでしょ？　忘れられてしまった恐怖よりは、全然マシだって」
「…………。本当は怖いんだ。桜の大切な時間をもらっているのに、このまま目が覚めないかもしれないんじゃないかって。二度と桜に会えないかもしれないんじゃないかって」

初めて聞いた、はっきりとした悠の弱音。辛い気持ちはもちろん伝わってきたけれど。

私は嬉しかった。悠が自分の弱い心を共有してくれて。私を、頼ってくれて。

「大丈夫だよ。絶対大丈夫。悠は絶対に目が覚める。長い夢から、絶対に」

「……どうして？」

「だって、約束したからね。ずっと一緒にいようって」

私は指輪のガラスドームを指で触れながら、あの日の約束をなつかしんで言った。

すると悠は、出窓に飾られた花たちを眺めて、少し安堵したかのように微笑んだ。

「そっかあ。そうだよなあ」

そして、えらく納得したように、そうつぶやいたのだった。

「――私、悠が眠ってしまっても、毎日悠になんでも話すよ。その日にあったこと、今考えていること、全部」

大切な人には、自分の思いをちゃんと伝えておかなきゃいけないから。お母さんが教えてくれた、大事なことだ。

「眠っているから、聞こえてないかもしれないよ」

「聞こえてるよ、きっと」

私がはっきり言うと、悠はおだやかに優しく笑った。

そして私は、少しかがんでからゆっくりと悠に顔を近づけ――。

自分から初めて、悠に口づけをした。

悠はもうすぐ魔法にかかってしまう。美しいひなげしの残酷な魔法に。

——ねえ、悠。

魔法にかかってしまう前に、ふたりで一緒にいろいろなことをしようね。

魔法が解けた時に、再びふたりで笑いあえるように。

＊＊＊

あと数週間で俺は眠りにつくだろうという医師の宣告。

俺と桜は、その数週間を大切に過ごすことを固く誓った。だって、数年は会えなくなってしまうのだから。

まあ、桜は眠っている俺には会えるし、眠っている間の俺の時間の感覚は想像ができないから、数年会えないという表現は少し違うかもしれない。でも、長い間会話できず、触れあえないということは確実だ。

桜にすべてを打ち明けてから１週間ほどたったある日。俺は彼女と病院の屋上に来ていた。学校がある日は放課後、休みの日は朝から、彼女は俺のもとへと足しげく通ってくれていた。

「屋上の風気持ちいいねー！」

桜は病院の屋上のフェンスに身を委（ゆだ）ね、風を頬で感じながら気持ちよさそうに言った。彼女の明るく綺麗な色の髪が風になびく。

俺は桜の隣に立っていた。ちなみに、骨折した足は問題なく快方に向かっており、ゆっくりなら歩くことができる状態になっている。
「秋の匂いだなあ」
病院の中庭を眺めながら俺はつぶやく。中庭の木々たちは、すっかり紅葉していた。赤や黄色の鮮やかな木の葉たちがまぶしい。
「あ。はい、悠」
桜は、俺にアイスを差し出した。病院の売店で買ったらしい、パックをふたつに割るタイプのコーヒー味のアイス。
夏休み前にふたりでこのアイスを食べたことを思い起こした。ひなげし病のことも知らず、交通事故による記憶障害も起こっていなかった頃。
ずっと桜と一緒にいよう。桜と幸せな日々を歩んでいこう。そう思っていたあの頃。
「ん、ありがと」
俺は受け取ると、アイスを食べ始める。少しほろ苦くて、甘い。
俺の病気も、そんな少しの苦みくらいですんでくれていたらよかったのにと心底思う。神様が俺たちに与えた現実は、あまりにも苦すぎる。激苦だ。
「あーあ、寝たくねーよ」
俺は軽い口調で言う。もうどうしようもない。現実を受け入れてはいるけれど、やはり嫌だ。
せっかく桜と思いが通じあったというのに。なんでそんなタイミングで、５年以上も離れ離れに等しい状態となってしまうのか。
「ほんとだよね。意味わかんないよ」
桜も俺の調子に合わせて、気安い感じで言った。その裏にはどんなに深い悲しみが内包されているのだろう。
でも彼女は、俺が眠るまでの間、悲しみに明け暮れるのではなく、楽しく濃密(のうみつ)に過ごそうとしてくれているのだった。
だって、もうすぐふたりで触れあえなくなるのだから。この時間は、大切に過ごさなければならない。
病院から出られない上に、すぐに眠ってしまう俺だったけれど、俺と桜はふたりでいろいろなことをした。
見たかった映画のDVDを借りて、病室で一緒に見た。カーテンを閉めて暗くして、ポップコーンを紙コップに入れ、さながら映画館のような雰囲気で。
看護師さんに許可を取り、ホットプレートを持ち込んで、桜がその場で卵焼きを焼いてくれた。
桜はできたての卵焼きを箸でひと口分つまみ、照れた様子で『あーん』と言って、俺の口もとに運んで食べさせてくれた。卵焼きのほかにも、お好み焼きやホットケーキを焼いて、ふたりで味わった。
テレビゲームを持ってきて、奏や美香も交えて四人で楽しく遊んだ日もあった。桜はゲームが正直下手くそで、負けて素直に悔しがっているのがとてもかわいらしかった。
そして、今日は天気がいいから屋上でアイスを食べよう！と桜が言ってくれたのだ。のんびりとしたおだやかな優しい時間。

一瞬、自分にこれから降りかかる災難を忘れそうになってしまう。

だけど、決して見て見ぬふりをしてはならない。今日はどうしても桜に伝えなければいけないことがあるから。

「あのさあ、ちょっと真剣な話していい？」

「えー、暗い話？　楽しい話？」

俺がたずねると、桜はアイスをかじりながら中庭を眺めたままそう言った。

「うーん、どちらかというと暗い」

「えー……嫌だけど、話さなきゃいけないことなんでしょ？じゃあ言ってください」

俺の心理状態を瞬時に察してくれる桜。本当に居心地がいい。

「あのさ、怒らないで聞いてほしいんだけど」

「え、なんだろ」

「俺が眠っている間に、もし桜に好きな人ができてその人と一緒にいたいと思ったなら、俺を捨てていいからね」

アイスを食べる桜の手が止まった。微動だにせず、中庭を眺め続けている。

かまわず俺は、さらに言葉をつむぐ。だって言わなきゃいけないことだから。

「目覚めた時、桜がいないと俺泣いちゃうかもしれないけど。でも俺、結構モテるから心配しないで」

冗談っぽく言う。確実に泣いて泣いて泣きまくるだろう。

そしてほかの女の子にモテようがモテまいが、どうでもいいことだった。桜以外の女の子に好かれようが、どうでもいい。俺にとっての女の子は2種類。桜か、そうじゃないかだから。

でも、桜にはそう言っておかなければならない。俺がほかにも相手を見つけられるという体(てい)で。彼女の気を楽にするために。彼女が俺以外の男のもとへ逃げられるようにするために。

「はー？　なにくだらないこと言ってるの？」

桜はあきれたような顔をして、ため息交じりに言った。そしてこう続ける。

「そんなことするわけないでしょ？　私がさ」

そして優しく、柔和な笑みを俺に向ける。俺は泣きそうになる。しかし堪えて、彼女に微笑み返した。

「さ、今日はこのあと、なにしようか？　私の恋する悠様はすぐに寝てしまうからなあ。早くやりたいことやっておかないとなんで」

「うーん。それじゃ、一緒に中庭散歩しようか。紅葉が綺麗だし」

「いいねー！　行こう行こう！」

ちょうどアイスを食べ終えた桜は、屋上のフェンスに背を向けて中庭に向かおうとする。そんな桜の肩を優しく俺はつかんだ。すると桜が俺の方を向き、首をかしげた。

「え、中庭行くんでしょ？」

「うん、行くよ。でもその前に」

「うん？」

「キス、しよっか」

俺がそう言うと、桜は頬を赤くして微笑んだままうなずいた。屋上にはほかにも入院中の、わりと体調がよさそうな患者がのんびりとしていたけれど、残り時間の少ない俺にはギャラリーなんて気にならなかった。

そして俺が優しく口づけすると、桜は恥ずかしそうに破顔したのだった。

中庭を散歩したあと、眠くなってきたと俺は言って、名残惜しそうにする桜を帰宅させた。

病室で寝そべる俺。その傍らでは、母さんが俺の身の回りのものを整理してくれていた。

眠るまではべつに普通に動けるから、自分のことは自分でやると母さんには言っていたのだけど。

５年も世話できなくなるんだから、今のうちにさせてよ、と悲しげに言われてしまっては、従うしかない。

――本当に俺にはもう時間がない。決意していたことを、今のうちに母さんに伝えておかなければならない。

言いづらいことだったから、今まで先延ばししていたけれど。もういつ深い眠りに落ちてしまうのか、わからないのだ。

「母さん、お願いがあるんだ」

俺は内に秘めていた決意を、母さんに打ち明けたのだ。

桜にとっては、ともすれば冷酷とも思えるその決断だった。しかし母さんは俺を非難することなく、真剣に聞いてくれた。

　そして最後にこう言った。

「悠も男の子だもんね。わかったわ。あなたの好きなように、させてあげる」

「――ありがとう」

　俺は力なく微笑んで、母さんに頭を下げたのだった。

　母さんに俺の想いを打ち明けてから１週間後だった。

　その日も桜と一緒に病室で談笑していたら、突然猛烈な眠気が襲ってきた。

　感覚でわかった。ついにきた、と。

　桜にそう告げ、看護師さんを呼んでもらう。薄れゆく意識の中で、周囲がバタバタしている光景が見えた。

　寝るもんか。嫌だ。このまま５年以上も、亡骸のように横になっているだけなんて。

　そう思って踏んばろうとするも、どんどん俺の全身は眠りへと誘われていく。体の先端から徐々に、言うことを聞かなくなっていく。

　ベッドに横たわる俺を、桜が泣きながら覗き込んでいた。

「悠が眠っている間毎日会いにくるからっ！　毎日毎日、花を持ってくるから！　トラ子の写真も見せに、くるっからっ！」

　今にも瞼が落ちそうになる俺に向かって、涙声でそう叫ぶ。俺はかすかに動く声帯を震わせて「う、ん」と言葉をつむぐ。——ちゃんと桜に聞こえたかな。あまりにも自分の声がか細かったため不安に襲われる。

「眠りからっ、覚めたら……！　誰よりも先に悠を抱きしめにくるからねっ……！」

——おいおい、ちょっと待ってよ。

抱きしめにいくのは俺の方だってば。

必ず迎えにいくから。

俺が君を。

俺の、手で——。

魔法が解けてから

悠が眠りについて、２年半――２年と182日が過ぎた日のことだった。正確な日数を記憶しているのは、彼が目覚めないその１日があまりに重く、ひなげし病患者が目覚める目安とされる５年まであと何日だろうと暇さえあれば数えていたからだ。

私は大泉中央病院までの道を、全速力で走っていた。病院の最寄り駅に乗車していた電車が到着し、その扉が開いた瞬間から。

駅の中や道端ですれ違う人たちが、必死で走る私を訝しげに見た気がしたが、そんなことにかまっている暇なんてない。

つい数時間前まで、私は地元の隣の県の山中にいた。大学に入学してまだ１か月の私は、学科の新入生オリエンテーション合宿に参加していたのだった。

就職に有利な資格取得の方法の説明などを聞いたあと、学科のみんなで昼食を取っていた。さすがに大学生ともなれば、髪の色や目の色で私を敬遠する人はおらず、友達も何人かできて、私はそれなりに楽しんでいた。

もちろん、常に悠のことで頭が支配されている私は、心から物事を楽しむなんてできなかったけれど。

新しい友達と連絡先を交換しようとスマートフォンを取り出した時に、まさにその連絡はきた。

『悠がたった今、目を覚ましたって！　伯母さんから連絡がきたの！』

悠が眠ってしまったあと、仲よくなった美香からだった。

なにかあったら連絡をすると悠のお母さんは言っていたから、なぜ私のところにはその知らせがきていないのだろう？と、ちょっと引っかかった。

しかし、悠のお母さんに電話をしたら、彼が目覚めたことを涙ぐんだ声で伝えてくれたので、私はそれ以上気にしないことにした。

いや、それどころじゃなかったんだ。

悠が起きた。なにも言わず、こんこんと眠り続けた悠が。２年半もの間、私に微笑みかけてくれなかった悠が。にわかには信じられなかった。

それになにより、ひなげし病の患者は、通常で５年以上は起きないと言われているから、まさかこんなに早く!?と思った。

同時に、“５年”というのはあくまで通常の話で、それに該当しない場合もあるという話を私は思い出す。２年や３年、それどころか、半年で目覚めたという人がいることも、私は知っていた。

だけど、それは本当にまれなケースだし、そのまれなケースに当たる人が私の身近にすでにひとり存在していた。だから、まさか悠までその低確率のパターンに該当するわけないだろう、悠の場合は５年以上は起きないだろうと私は勝手に思い込んでいたのだった。

渉くんと実くんのお母さんは、眠ってからわずか１年半でひなげしの魔法から脱したのだ。そして今から１年ちょっと前、長いリハビリを終え退院したのだった。

幼稚園の頃は、おねーちゃんおねーちゃんとなついてくれていた実くんも、小学校に上がった頃からおとなしくなっていった。

最近では、病院ですれ違っても『あ、こんにちは』なんて、最低限の挨拶をしてくるくらいだ。

その成長は寂しくもあったけれど、嬉しくもあった。

実くんが、お兄ちゃんの渉くんとふたりで、お母さんを支えようとしているのがわかったから。

ちなみに渉くんとは、親しい人に同じ病気の人がいる者同士として、仲よくやっていた。

２年半前の告白を断って以来、彼は私に恋愛(れんあい)感情を抱いているそぶりは見せなかった。本心はわからないけれど。

いずれにしても、ともすれば心が折れてしまいそうで、もろくなっていた私を誘惑(ゆうわく)しない彼は、誠実だったと思う。

――まあ、単に私への恋心をあっさり払拭したのかもしれないけどね。

そういうわけで、合宿どころじゃなくなった私は、付き添いの教授に『急用ができた』と言って、途中で合宿を切りあげて帰ってきたのだ。

教授は困惑していたけれど、大学生ともなればもう大人扱い。『そうですか、わかりました』と言って、私を引きとめることはなかった。

悠の病室の前にたどり着くと、走りすぎたせいかふらついてしまった。転びそうになりながらも、私は息を切らしたまま扉をノックする。

悠の顔を早く見たくて。一刻も早く、会いたくて。

中から「どうぞー」という声が聞こえてきた。悠のお母さんの声だった。彼の声が聞けると思っていたので、少し落胆する。

だけどよく考えたら、２年半もの間彼は声帯を動かしていないのだ。うまくしゃべれないのだろう。

私はおそるおそるドアをスライドさせて、悠の病室へと入った。待ち望んでいたこの瞬間。永遠とも感じられるほど長かった２年半ぶりに、彼と触れあえる瞬間。

——しかし。

「……桜ちゃん」

そこには、誰もいないベッドの脇で悠の身の回りのものを、整理しているらしい悠のお母さんのみ。

そう、病室には彼女しかいなかった。思い描いていたのは、やつれた様子の悠が私に微笑みかけてくれる光景。

しかし、悠はその空間には存在していなかった。

「おばさん、悠は？」

目覚めたから、検査とか診察とかいろいろあるのかもしれない。たまたまトイレに行っているだけかもしれない。

そう思おうと必死だった。

しかし、彼がいたはずのベッドの周辺があまりにも殺風景だった。悠のお母さんが片づけたらしい、荷物が入った数個の紙袋が、私の不安を煽(あお)る。

悠は、どこへ？

「ごめんね、桜ちゃん」

「え？」
「会えないの。今は」
　悲しげな表情で、しかしはっきりとした口調で、悠のお母さんは言った。
「どう……して？」
　かすれた声でたずねる。胸が苦しくて、悲痛な思いがあふれてしまいそうだった。いや、あふれてしまっていた。涙が頬を伝う。
「あの子の、悠の希望なの。目が覚めたら、あなたに会う前に転院するって」
「え……」
　なんで、どうして。
　頭の中がぐちゃぐちゃになる。目が覚めたら、真っ先に私に会ってくれるんだと思っていた。だって悠が長い眠りにつく前に約束したから。誰よりも先に悠を抱きしめにくるって。
　一分一秒でも早く、私は悠と会話をしたかった。微笑みあいたかった。手をつなぎたかった。キスをしたかった。
「ご、ごめんね！　桜ちゃん、違うのよ！」
　病室の壁に背をつけて、膝から崩れ落ちかけた私を悠のお母さんが慌てて支えてくれた。私はうつろな瞳で彼女に視線を合わせる。ぼやけた視界の先には、切なそうな面持ちをした彼女の顔が見えた。
「悠があなたのことを好きじゃないとか、会いたくないとか、そんなことはいっさいないの。むしろ、あなたを想っているから、そうしたの」
「どういうこと……ですか？」
　意味がわからない。私のことを想ってくれているなら、1秒でも早く会いたいんじゃないのかな。普通そうじゃないのかな。
　なのにどうして離れていくの？
　私と会ってくれないの？
「桜ちゃんを愛しているからこそ、あまりみっともない姿をあなたに見せたくないのよ。──今はそれしか言えない」
「……そんな」
　そんなの私にとってはどうだってよかった。どんなに弱っていてもいい。意識があり、表情を変えて話をする悠に、ひと目会いたかった。
「だけどもし、悠のことを好きでいてくれるなら。あの子のことを、信じて待っていてほしいの」
「信じて……」
　──そうか。
　目覚めたばかりの今の悠は、私を迎えにくる力はない。長時間眠り続けた体は、筋力が低下して歩くこともままならないはずだ。しばらくの間、私が彼を支えることになるだろう。
　もちろん、私は喜んで彼を助けたいと思う。どんなに弱った悠だって、どんな姿の悠だって、私は愛しているのだ。
　だけど、きっと悠にはそれが耐えられないんだ。
　意識のない間ずっと、寄り添っていた私にさらに寄りかかることが、彼には許せないんだ。
「あなたは若いし、綺麗だから。べつにいいのよ、悠のことなんて待っていなくたって。眠っている間ずっとそばについていてくれた女の子を、起きてからも待たせるなんて、ひどいったりゃありゃしないわ」
　悠のお母さんが、冗談交じりに言った。しかしそれは本心だろうと思う。
　私は涙をぬぐい、立ちあがると、彼女をまっすぐに見つめて、はっきりと言った。
「待ちます。私、悠を待ちます。何年でも。彼が私を迎えにきてくれるのを」
　悠のお母さんは一瞬驚いたように私を見てから、おだやかに微笑んだ。彼にそっくりなその微笑は、私の決意をさらに強固なものにさせる。
「早く迎えにいかないと、ほかの人に大切な桜ちゃんを取られるわよって、あのバカ息子に言っておくわね」
「——はい」
　そう言うと、私は悠のお母さんと顔を見合わせて微笑んだのだった。

　悠が眠ってから６年と155日。悠が目覚めてから３年と338日の、よく晴れた日曜日の朝。
　部屋の隅の日が当たらない場所で、乾燥（かんそう）させていたプリザーブドフラワーの数々。最近作ったハーバリウムのガラス瓶たち。それらを透明な保存袋に入れてから、紙袋へとしまう。

何年も前に詩織に教わった、プリザーブドフラワーやハーバリウムの作り方は、もう頭の中に完璧(かんぺき)にインプットされていた。

もう6年以上もの間、毎日のように作成しているから、当たり前だよね。

悠が眠っていた頃は、こうやって作ったプリザーブドフラワーやら押し花、ハーバリウムなんかを悠のもとへと持っていっていた。それと一緒に、病室に置いてあるアルバムにトラ子の写真を毎日1枚ずつ差し込んでいた。

病室はすぐに花でいっぱいになってしまったから、途中から小さいものや1輪の押し花なんかを持っていくようになったけれど。

悠が目覚めて姿を消してからも、花を加工する習慣はどうしてもやめられなくて。彼を待ち続ける意思が、その行動にはこめられていたから。

こんなふうに、悠のことを考えながらできる作業があったから、私はずっと想い続けられているのだと思う。もちろん、6年以上も彼と触れ合えていないのだから、心が折れそうな時もあった。大学生になって、ほかの男の子に誘われる機会も増えて、流されそうになった時もあった。

だけど、私の部屋には花があったから。悠のことを想って、自分で作りあげたたくさんの花があったから。私は彼を待ち続けることができているのだ。

だから私は誰に渡すあてもない花の加工品を、ひとり黙々と作成し続けていたのだった。

そうなると当然、狭い私の部屋はすぐに花たちが占拠することとなってしまった。しかし、悠への想いをこめた花たちをどうしても捨てることはできなかった。

だから最近は、毎月2回、日曜日に近所の公園で行われるフリーマーケットに赴(おもむ)き、その花たちを販売していた。今日も美香と一緒に、小さな花屋を出店する予定だ。

出かける準備をしていると、トラ子が足もとにすり寄ってきた。

近くの本棚には、そんなトラ子によく似た猫のぬいぐるみが飾られている。

——悠が眠る直前に、私にプレゼントしてくれた夏祭りの射的の景品の猫のぬいぐるみ。見る度に温かく、切ない気持ちにさせられる。

ぬいぐるみは丸々としていて、シュッとしていた仔猫の頃のトラ子とはだいぶ違っていると思う。

でも、最近貫禄(かんろく)が出てきたトラ子は、パッと見どっちがぬいぐるみなのかわからないほどに丸っとしている。

私はそのもったりとしたお腹を見て、苦笑いだ。

「あんた、また太った？」

トラ子ももう6歳半。人間でいうと、中年に差しかかる年齢になった。

眠る時間も増えたし、ご飯の量は変えていないのに徐々に丸くなってきている。

「ダイエットした方がいいのかなあ」

おそらく言葉を理解していないトラ子は、私に頭をなでられて機嫌よくゴロゴロと喉を鳴らした。

私ももう22歳、社会人になった。

大学３年生になった時、私は中井家からトラ子を引き取った。アルバイトと大学の授業との両立ができるようになっていたため、トラ子にかかわるお金を自分が持つという条件で、お母さんにお願いしたのだった。

お母さんもずっとトラ子のことは気になっていたようで、『ペット可の物件に引っ越さないとね』と了承してくれた。

トラ子を引き取りたかったのは、私と悠を引きあわせてくれた、いわゆるキューピッドだったから。もちろん、悠のことは関係なしにトラ子のことは大好きだけど、一緒にいれば悠が早く帰ってくるんじゃないかなってなんとなく思えたんだ。

事情を話したら、中井家の人々はふたつ返事で私にトラ子を託してくれた。

トラ子をなでていると、部屋のインターフォンが鳴った。玄関のドアの覗き穴から外を見ると、そこには美香がいた。

「おはよー、桜」

ドアを開けると、日焼け対策のためか帽子をかぶり、Ｔシャツとジーンズというラフな格好をした美香が笑顔を見せてくれた。

美香とは、出会った頃はいろいろあったけれど、悠が眠ったあとは、彼を見守る同志ということもあって、とても親密な間柄になれた。

　目覚めた悠が私になにも言わずに去ったあと、それを知った美香は、『はあ！　ありえないでしょ！　こんなに桜を待たせといて！　あいつ！』と激怒していた。

　悠のお母さんは、美香にも悠の居場所を教えていないらしい。

　そんなに私たちに会いたくないのかなあと、ふたりでたまに自虐的な会話なんかもしてしまう。

　また、美香はフリーマーケットで私の花を売るのをよく手伝ってくれた。悠のために作った花なら、私も売りたいと言って。

「おはよー、美香。今日もよろしくね。いつもありがとー」

「いやいや、ふたりでしゃべりながらお客さん待つの、楽しいしさ。あ、ねえねえ。今日フリマのあとパンケーキ食べに行かない？　近くにできたんだよー、おいしいとこ」

「えー、私はいいけどさ。美香ダイエット中ってこの前言ってなかったっけ？」

「そんなこと言ったっけ？　……いったん取り消し！　ダイエットは明日からで！」

「意志弱っ。まあ美香は痩せる必要ないしね。むしろもうちょい太んなよ～」

「それは嫌！　でも今日は食べる！」

　なんて、軽い冗談を言いあえるほどの仲だ。

「じゃあ、行こっか。美香のダイエットを阻止するためにも」

　悪戯っぽくそう言うと、私はプリザーブドフラワーやハーバリウムの入った紙袋をかかえ、靴を履く。すると玄関先にトラ子がお見送りにきてくれた。
「行ってくるね、トラ子」
トラ子は「にゃん」と短く返事をした。私はその小さな頭をひとなでると、美香とともに自宅をあとにした。

4月中旬の、晴れた日の公園は結構日差しが強い。美香のまねをして帽子をかぶってきたのは正解だった。
無事就職し、新しい環境に慣れてきた私は日曜日の今日、近所の公園で開催されているフリーマーケットに来た。
それなりに規模が大きい催(もよお)しで、公園の芝生には、何十もの出店者がレジャーシートの上に各々の出品物を陳列(ちんれつ)させている。
ちなみに私が就職したのは、サクラの花が企業ロゴに入った化粧品メーカーだ。自分の名前と花やかわいいものが大好きなことを、面接で主張したのがよかったのかもしれない。
そして今、商品のパッケージや広告企画などを考える部署で働いている。この先、サクラモチーフのかわいらしいコスメセットなんて、作れたらいいなと思っている。
「はい、お釣り10円だよ。ちょっと待ってね」
「うん！」
私の作ったミニのハーバリウムを購入してくれた、小学校高学年くらいの女の子は、嬉しそうにうなずいた。ハーバリウムを簡単に包装し、袋に入れて彼女に手渡す。

「ありがとう！　お姉さん」
「こちらこそ、買ってくれてありがとう！　誰かにプレゼント？」
「そうなの！　お母さんがお花好きだから、誕生日プレゼント！　綺麗なお花だから、きっと喜んでくれるー！」
「そっかあ、お母さんにもよろしくね」
「うん！　ばいばーい！」
　手を振りながら小走りで去っていく彼女に、手を振る私。彼女の姿が小さくなると、手を下ろして、足もとに敷(し)いたレジャーシートの上に座り込む。
「結構売れるよねー、いつも」
　私の隣で、プリザーブドフラワーを購入してくれた高齢の女性の対応をし終えた美香が、感心したように言った。
「あは、看板娘の美香様がいるからねー」
　大学生になってかわいらしい少女から綺麗なお嬢さんへと進化を遂げた美香は、女の私から見ても見とれてしまうほど可憐だった。
　しかし、今のところ彼女のお眼鏡(めがね)に叶う男性は現れていないそうで。『悠が基準になってるから、いい男なんてなかなか見つからないよ』とよく愚痴っている。そりゃ、見つからないだろう。
「いやいや、花に桜の愛がこもってるからだよ。買う人はわかるんだよ、きっと。これが丁寧に愛情をこめて作られているものだってさ」
「愛情、ねえ」

美香の言葉に少ししんみりしてしまう私。
もうずっと、６年以上も作り続けているから。
愛情なのか執着なのか意地なのか、たまにちょっとわからなくなってしまう時もある。
だけど、ほかの男の人に好意を示されても、まったくその気になれない私は、６年前と変わらず、悠のことしか受け入れられないようになっているのだろう。
「あ……なんかごめん。あいつのこと、思い出させちゃって」
「いやいや、いいっていいって」
私の様子を察して、申し訳なさそうに言う美香に、軽い口調で答える。
違うんだよ、美香。思い出したわけじゃない。
だって、忘れる瞬間なんてないから。思い出す、ということがそもそもないんだよ。
「しっかしいつまで待たせるんだよ、あの男は」
美香ちゃんが、冗談交じりに、しかし憎々しげに言った。
「ほんとだよねー。いつまで待たせる気なんだろ、まったく」
私も軽く笑って、それに乗っかる。
「うんうん。こんなかわいい桜を長い間待たせるなんて、罪な男。——早く戻ってこないかなあ、マジで。私も一発くらい殴らなきゃ気が済まないよ」
「えー、殴るのはちょっと困るー」
「大丈夫！　あのかっこいい顔は殴らないから」
「あー、それならいっか」
「いいの!?」

なんてことを言って、笑いあっていると。
「あ、ちょっとごめん。待っててね」
美香がスマートフォンをポケットから取り出した。誰かから着信がきたらしい。
「ん……？　非通知？　誰からかなあ。とりあえず出てみるか」
そう言って、スマートフォンを耳に当てる。私はたいして気にもとめず、眼前で足を止めて花を見始めてくれた親子連れに「お手入れしなくてもずっと置いておけますよー」なんてことを言って、対応する。――すると。
「……嘘、ほんとに？」
隣で誰かと電話で話していた美香が、信じがたいというような声音でそんなことを言ったので、私は眉をひそめた。なんの話だろう。
「わかった。うん。大泉南(おおいずみみなみ)公園のフリーマーケット。そこで花を売ってる」
神妙な面持ちで、電話先の相手にそんなことを言うと、美香は電話を切った。
「ん、なんだった？　大丈夫？」
美香の深刻そうな様子に、不安に駆られた私はたずねる。すると美香は、はっとしたような表情をしたあと、私に笑みを見せた。しかしどこかぎこちない。
「あ、いや。なんでもないの。……あー、ごめん！　私ちょっとトイレ！」
どこか焦った様子で矢継ぎ早にそう言うと、靴を履いてそそくさと走り去ってしまう美香。

なんなんだろう？　さっきの電話といい、思い出したようにトイレに行く様子といい、なんかおかしいな。

美香のことを不審に思ったけれど、「じゃあ、このブルーローズのプリザーブドフラワーをください」と、親子連れのお母さんに言われたので、私は「1080円です」と言って、対応を始める。

そしてお金のやり取りをし、親子連れに簡易包装したプリザーブドフラワーを渡すと、私はレジャーシートの上に座り、嘆息をした。

美香はどこに行ったのだろう。

眼前には、悠のためを思って制作した花々。フリーマーケットの来訪者たちが、私の前を何人も通り過ぎていく。手をつないで買い物を楽しむ、仲睦まじいカップルを何組か見かける。

すると、急に孤独感が押しよせてきた。

――ねえ、悠。

そろそろ来てくれてもいいんじゃないの。眠った時から数えると、もう６年以上だよ。

早く迎えにいかないと、ほかの人に取られるわよって、あなたのお母さんから聞かなかった？

ずっとずっと、信じて待っているけどさ。

さすがにたまに、泣きたくなるよ。もしかしたら来ないかもしれないって。また、私のことを忘れてしまっているのかもしれないって。

悠に限って、そんなことはないって慌てて首を横に振るけれど。

でもさ、どんなにあなたを好きだって。どんなに信じていたって。やっぱりときどき折れそうになるよ。

ねえ、早く迎えにきて。

堪えきれず、涙がこぼれてきた。周囲の人はちっぽけな私の存在なんて気にもとめていないと思うけれど、私は涙を隠すように膝をかかえてうつむく。眼前にはいつも肌身離さずつけている、サクラの花びらが封入されたガラスドームの指輪が存在している。

傷だらけだけど、周囲の景色をかすかに映すガラスドームの表面に、悠の顔がにじんだ気がした。

あー。なに泣いてるんだろ、こんなところで。悠のせいなんだからね。

バカバカ。悠のバカ。

思わず、そう叫びたくなってしまった。――しかし、その時だった。

「綺麗な花だね」

男性の声だった。その声音があまりにも優しくて、私は驚いてしまう。

いや、声が優しいという理由だけでびっくりしたのではない。その声に、あまりにも聞き覚えがあって。

愛しすぎて、おかしくなってしまうほど好きな、あの人の声にそっくりだったから。

「……え」

顔を上げる。すると、そこには。
「でもこっちの花束も、結構綺麗だと思わない？」
体育座りをしている私と視線を合わせるようにかがんで、ユリやバラが豪勢(ごうせい)に収められているピンクの花束を、私に差し出している男性がいた。
「ゆ……う……？」
かすれた声で言う。彼は、正真正銘、まぎれもなく、中井悠だった。
22歳になった悠は、眠りにつく16歳の悠よりも幾分か顔がシャープになっていて、目つきもキリっとしていて。もともとかっこよかったのに、数段魅力的になっていた。
「さっき美香にこっそり電話してさ、ここにいるって聞いて。……泣いてるの？　桜」
心配そうな顔で悠がそうたずねてくる。それを聞いた瞬間、ぽろぽろと少しずつこぼれていた涙が、ダムが決壊したかのように、とめどなくあふれてきた。
「泣いっ、泣いてた、よぉ！」
私は叫んで、いきなり立ちあがり、悠に飛びついた。その拍子に花束は悠の手からレジャーシートの上に落ちてしまったし、フリーマーケットに来ている人やほかの出店者が、興味深そうに私たちを見ていたのが視界の隅に映った。でもそんなことを気にしている余裕はなかった。
悠は急いで立ちあがって私を受け止めてくれたが、いきなりのことで少しふらついてしまったようだった。
「だ、誰のせいでっ！　泣いてると思ってるのっ」

彼の胸の中で、泣きじゃくりながらそう絶叫する。すると悠の大きな手が、私の髪の毛をそっとなでた。
「……ごめんな、すごく待たせて」
「ほんとだよ！　もうバカバカ！」
「――どうしてもさ。目覚めた時の、貧弱（ひんじゃく）な姿で桜に迎えてほしくなかったんだよ。強い自分になって、桜を迎えにきたかったんだ」
「わ、私はっ……」
そんなこと気にしない。いくら弱っている悠でも。私が支えるんだから。
そう言いたかったけど、涙が止まらないせいで、声にならない。
「目が覚めたあとね。必死でリハビリして。俺は半年で日常生活を送れるようになった。その間に大検の勉強もして合格して、すぐにアメリカの大学に進学したんだ」
「アメリカ……？」
どうしてそんな遠いところに？
泣き顔のまま、悠の顔を見上げる。すると悠は笑ってうなずいた。
「どうしてアメリカの大学に？って顔してんね。眠っていた分を早く取り戻したかったからだよ。海外の大学は、優秀な学生なら早期卒業制度の対象になるんだ。俺は大学を３年で卒業した。この間、向こうで卒業式に出席したばっかりだよ」
「えっ……!?」

　信じがたい言葉だった。２年半も眠っていて、その間なにもできなかったはずの悠が。もう大学を卒業している、だって？

「就職も決まったよ。というか、今月からもう働いてるけどね。日本の広告代理店。企業名を言えば、だいたいの人は知ってるかなってとこ。給料も結構いいし、有休だって取りやすい。男性の育児休暇だって、希望すれば取得できるんだって」

「育児、休暇……？」

　なんだかまだまだ縁のない言葉な気がした。いろいろなことがすぐに理解できずに、頭が混乱する。

　私が守ってあげなきゃ、支えてあげなきゃ、と思っていた悠が。

　もう大学も卒業し、私と同じ時期に就職していて。とても頼りになる存在になっていて。

　今私の眼前に、存在していることが。

「やっと、かっこよく桜を迎えることができた」

　悠が微笑みながら、愛おしそうに私を見つめた。その瞬間、今までかかえていた寂しさや辛さや悲しみなんかが、体から抜けていく。

　そして次に私を満たしたのは、深く大きな幸福感だった。

「もうもう！　遅いよっ！　遅い！　どれだけ迎えにくるのを待ってたと思ってんのっ！」

　嬉し泣きしながら、ずっと抱いていた想いをとりあえずぶちまける。本当に、永遠とも思えるほど長い時間だった。

あなたのいない６年以上の歳月は。
「その節は、申し訳ありませんでした……。桜を安心させる男になるのに、時間がかかってしまいました」
「もうもう！　バカバカ！」
　申し訳なさそうに苦笑を浮かべる悠に、何度も同じ言葉で責めたてる。もっといろいろ言いたいことがあった気がしたけれど、どうでもよくなってしまった。
「俺がいない間、誰かに言いよられなかったー？　桜は綺麗だから、めっちゃ心配。ってかまさか、今付き合ってるやついたりしないよね……？」
　悠が急に少し不安げな表情でそうたずねてきた。私はぶんぶんと首を横に振る。
「い、いるわけないでしょそんなの！　あ、でも」
「でも!?」
「悠が眠る前に渉くんに実は告白されてて一瞬だけど気持ちが揺らいだし、大学になってからは周りの人に怖がられることもなくなって、結構誘われることはあった」
　ちょっと意地悪したくなって、言ってやった。でもすべて事実だ。
「えー！　マジかよっ！」
「嫉妬しちゃう？」
「そりゃ、するわ。俺は16歳から６年以上もの間の桜を知らないんだから。その間の桜に関わった全人類に、嫉妬しちゃう」
　スケールの大きすぎる悠の嫉妬がおかしくて、私は笑ってしまう。でも同時に、幸せな気持ちがさらに強くなった。
　私が幸せを噛みしめていると、大げさに悔しそうな顔をしていた悠の表情が神妙な面持ちへと変わり、まっすぐに私を見つめてきた。
　そして落ちていた花束を拾い、私に差し出すと。
「これからはずっと、俺がそばにいるから」
　ゆっくりとはっきりと、真剣な口調で、断言するように悠が言った。
「うん……！」
　花束を片手で受け取り、もう一方の手で悠の肩に抱きつく。あふれ出る嬉しさを味わいながら、満面の笑みでそう返事をして。

特別書き下ろし番外編

ある日のふたりと１匹【悠side】

今日は、桜がこの世に生を受けてから24年たった、記念すべき特別な日。俺にとっては１年でもっとも大切な日といっても過言ではない。

俺は桜がお母さんと住んでいるアパートを訪ねていた。ちなみに今日、お母さんは仕事で不在だそうだ。小さな空間にふたりっきりのこの状況は、気を抜くとニヤけそうになってしまう。

「本当に大丈夫？　初めてなんでしょ？」

キッチンに立つ俺に、心配そうな声音で桜が言う。15センチほどある身長差のせいか、自然と上目遣いになる桜の瞳。あ、今日も最高にかわいいです。

「大丈夫大丈夫！　任せろって！　レシピ本も買ってきたし、おいしいの作るからさ」

自信満々でそう言う俺。そんな俺の足もとに、すっかりふとましくなったトラ子がすり寄ってきた。最近動物病院で受けた健康診断の結果では、異状はないらしいけれど、ちょっと丸すぎじゃないか、お前。

「お前まで心配してるのかよ。大丈夫だってば」

まじまじとトラ子が見つめてくるので、俺は苦笑を浮かべる。

いつも桜の家で会う時は、彼女が食事を作ってくれていた。桜の作る料理はなんでもおいしかったし、嬉々として作ってくれているようだったので、すっかり任せっきりだったのだが。

桜も働いているし、頼りっぱなしはやはりよくない。今時男子だって料理くらいはできないと、と前々から思っていた。

そしてその思いを実行するには、今日はうってつけの日だったのである。

去年の桜の誕生日は仕事終わりにおしゃれなお店でディナーに舌づつみを打ったのだが、今年は幸いなことに休日だった。

だから時間もたっぷりあるということで、俺が作る料理を振る舞うことにしたのだ。

レシピの手順どおりに作業を進めれば本にある写真と同じ見目美しくおいしそうな料理が完成するはずだろう。

「だから桜は、あっちで休んでて。ほら、トラ子も」

桜の家は、キッチンとリビングが扉で仕切られるようになっている。俺は彼女の背中を優しく押して、リビングへと追い立てた。トラ子も彼女に続いていく。

「そう？　そこまで言うなら。でも、なにかわからないことあったら聞いてね」

「うん、たぶん大丈夫」

ひとりで料理を完成させて、桜に感激してもらうんだ。

『わーすごい！　おいしそう！』と嬉しそうに言う彼女の顔を想像して、ニヤつきそうになってしまう。堪えたけれど。

「そっか。まあ、悠はわりとなんでもできるもんね！　料理もきっと大丈夫か。じゃあ安心して待ってまーす」
「うんうん。ゆっくりテレビでも見ててくださいな」
　笑顔で桜を見送り、仕切りの扉を閉める。そしてキッチンへと向かい、レシピ本を広げて調理を始めた。
　今日作るのは、ハンバーグとコブサラダとアボカドのポタージュ。材料も調味料も道具もちゃんとそろえていたし、レシピ本もあらかじめかなり読み込んでいた。それでも慣れない料理にときどき手が止まることはあったが、それなりに順調に作業を進めることができた。
　そして、見栄えは少し納得いかない点もあったけれど、まあ、なんとかそれなりのものを完成させることができた。
　しかし、アボカドのポタージュの味見をしてみると。
「ん……⁉」
　なにかが足りない気がする。
　慌ててレシピ本を見直した。しかし、手順を飛ばした記憶はない。
　調味料をなにか入れ忘れたのだろうか。だが、なんとなく味がぼんやりしている、という感覚なので、なにを入れ忘れたのかが見当がつかない。
　適当になにかを足すか？　しかし、間違えてしまったら、それなりの味に仕上がっているこのスープが、台無しになってしまうかもしれない。
　そんなふうに、悩んでいると。
「大丈夫？　時間かかってたみたいだったから、ちょっと様子を見にきちゃった」

桜が扉を開け、ひょこっとかわいらしく顔を出した。

桜に頼らずに、ひとりで完成させたかった。――だが。

味に納得のできないものを、大切な桜に出すわけにはいかない。

俺の変なプライドよりも、桜に味わってもらうことの方が大切なのだ。

「あのさ、なんだかポタージュの味が足りない気がして」

俺は正直に桜に相談した。彼女は「え？　どれどれ」と言いながら俺の隣に立ち、ポタージュの味見をした。

――すると。

「塩、かな？　あとコンソメも入れた方がいいかも」

すぐに桜はそう言った。一瞬でそれがわかる彼女の料理スキルの高さに、俺は尊敬の念を抱く。

「入れ忘れたのかなあ……」

言われてみれば、塩もコンソメも入れていないような気もしてきた。レシピ本には書いてあったし、ちゃんとやったつもりだったけれど、余裕がなくて読み飛ばしてしまったのかもしれない。

「塩はひとつまみ、コンソメは小さじ１だね。今から入れてみよ」

桜に言われたとおり、塩とコンソメを鍋に入れて、お玉でかき回す。そして再度味見をすると。

「あ、おいしい！」

先ほどはなにかが欠けているように感じたスープが、

しっくりくる味になっていた。
「すごいね桜！　ひと口味見しただけで塩とコンソメが足りないってわかるなんて」
　俺がそう言うと、桜は少し照れたように笑う。
「ポタージュはよく作るから……。でもさ、悠もすごいよ！料理初めてとは思えないくらい上手にできてる！」
　桜が褒めてくれたのは嬉しいけれど、レシピを読み飛ばすという凡ミスをしてしまい、ひとりの力でおいしいものを作りあげられなかったことを少し情けなく感じた。結局桜の力を借りてしまったわけだし……。
「全部おいしそう！　食べようよー！」
「う、うん」
　しかし、嬉しそうにする桜の手前、俺はそう思っていることはおくびにも出さずに、食べる準備を始めたのだった。

「いただきまーす」
　両手を合わせて、笑顔で食前の挨拶をする桜。
　料理たちをキッチンから部屋のローテーブルに並べ、少し遅めの昼食を取り始めるところだった。
　ハンバーグの匂いにつられたのか、トラ子がテーブルの上に前足をかけたが、「ダメだよー」と桜に手で制され、そっぽ向いて部屋の隅で丸くなった。
「うん、おいしい！　これ、牛肉のひき肉かな？　肉汁があってジューシーだね！」
　ハンバーグをひと口食べて、桜が心底嬉しそうな顔をする。

「うん、スーパーで売ってた中でいちばんいいひき肉にしたんだー」

「えー！　私そんなの買ったことない！　存分に味わって食べなきゃ」

「いやあ、それなりの出来になってるみたいでよかったわ」

　入念に準備をしたつもりなのに、レシピを読み飛ばすというミスをしてしまったことを気にしていた俺だったけど、桜の誕生日なのだから、そんな細かいことは気にせずに笑顔でいた方がいい。俺は努めて明るい口調で言った。

——しかし。

「塩とコンソメ入れ忘れたこと、気にしてる？」

　桜が俺の顔を覗き込みながら、ちょっと意地悪く笑って言う。空元気を出していたことを、見抜かれていたか。

「……そりゃ、気にするよ。あれだけ念入りに準備して、忘れたらさあ」

　もう嘘をついても仕方がないと観念した俺は、正直に心情を吐露(とろ)した。スマートに桜の誕生日を祝いたかったのに、結局頼ってしまい、きまり悪い。

「いいじゃん、あれくらい。初めてなのにこれだけおいしくできたんなら成功だよー！」

「でも、今日は桜の誕生日だから……。俺が全部やりたかったんだよ」

「いいのいいの。ほんの少しだけど一緒にキッチンに立てて、楽しかったんだから。それに私さ、悠がミスする場面を見て、少し嬉しいというか、安心したんだ」

「え？」

言っている意味がわからず、おれは首をかしげる。すると桜は、たしかに嬉しそうに微笑んだ。

「悠ってさ、高校生の時から勉強もスポーツもなんでもそつなくできちゃう人でさ。その上かっこいいし、人当たりもいいし」

「え、いやあ、そんなに褒められると照れますなあ」

俺が冗談っぽく言い、ふたりでくすくすと笑いあう。

「だからなんていうか、私が悠にしてあげられることってなんだろう？ってたまに思っちゃうんだ。でも今日、私が悠に料理のことを教えてあげられてね。あ、私でも悠にしてあげられることあるんだなって、思えたんだよね」

じっと俺を見ながら、桜は言う。

なにを言っているんだ、と思ってしまった。

俺が君に今までどれだけ支えられていたのかを、知らないんだろうか。

何年も眠り続ける病にかかっている間も、ずっと傍らで花を持ってトラ子とともに待っていてくれて。

眠りから覚めたあとも、ちっぽけなプライドを守るための俺の行動に文句ひとつ言わず、４年近くもずっと見守ってくれて。

俺は君がいたから、リハビリも、大学入試も、就職も、乗りこえることができたというのに。

それ以上、君はなにもがんばらなくてもいいんだよ。ただ俺のそばで笑ってくれていれば。それだけで、俺はどんな苦難にだって立ちむかえるんだよ。

——まあ、がんばらなくていいなんて言ったら、就職したてで仕事に真摯(しんし)に取り組んでいる桜に失礼な気がするから、言わないけれど。

くよくよしていたことが、どうでもよくなってしまう。少しの言葉と笑顔だけで、俺を前向きにさせてしまう桜。なんておそろしい人だ。

俺は少し照れながらも、なにげない口調でこう言った。

「まあ、次はちゃんと、自力でおいしいの作るよ」

「わー、それは楽しみにしてるね！」

目を輝かせて桜が言う。これは本気で料理修業せねばなるまい。俺は固く決意した。

そして桜と一緒にのんびりとおいしいランチを楽しんだあと。俺は冷蔵庫からある箱を取り出し、ローテーブルの上に置いた。

「あ、さっき冷蔵庫に入ってた箱だ。悠が持ってきたのかなって思ってたんだけど、これなーに？」

不思議そうに桜はその箱を眺める。

「ふふふ。誕生日といえばこれがないとね」

得意になりながら、俺はその箱のフタをサッと開けた。

——すると、現れたのは。

「わっ！　かわいい！　しかもおいしそー！」

誕生日といえばバースデーケーキがないと始まらない。百貨店の地下に出店している、有名店のバースデーケーキを、俺は予め予約注文しておいたのだ。

そのケーキは、花がモチーフとなっていた。まるで本物の花束のような、砂糖菓子とチョコレートで造形された大きなお菓子の花が、ケーキの表面に美しく鎮座している。

また、マジパンプレートの上には『Happy Birthday(ハッピーバースデー) Sakura(サクラ)』の文字がチョコペンで書かれていた。

実はケーキも自分で手作りする計画もあったのだが、お菓子は料理の中でもレベルが高く、相当な技術を要するという話を小耳に挟んで、さすがに断念したのだった。

「バースデーケーキ、用意してくれてたんだね！　めちゃくちゃ嬉しい！　ありがとー、悠！」

顔をほころばせ、今日いちばん嬉しそうな面持ちになり、声を弾ませて桜が言う。

「花が好きな桜にぴったりなケーキかなって思ってさ」

「うんうん！　すごく好きな感じ！　あ、これってさ、悠が広告担当した百貨店に入ってる洋菓子屋さんのケーキだよね？」

「え、なんでわかったの？」

広告代理店に勤め始めて２年目に入り、まだ新人に毛が生えた程度だけれど、最近初めて俺は自分が主導して進める仕事を任された。

それが、百貨店の販売促進の広告だった。テレビCMで使われるわけでもなく、地下の食品売り場にしか掲示(けいじ)されない些細な広告だが、ひとりでも多くの人の目にとまるよう、苦心して作りあげたものだ。

　桜にはたしかにその話はしていたけれど、なぜ俺が担当した百貨店に出店している洋菓子屋のケーキだとわかったのだろう。洋菓子屋なんてたくさんあるし、最近ではこの花のケーキのようなおしゃれな洋菓子を販売している店は多いのに。
「あのね、仕事の帰りにあの百貨店に毎日寄るの。悠が作った広告を見にいきたくなっちゃうんだ。ああ、悠が一生懸命作ったんだなあ、こんなにいろんな人が来るお店に、すごいなあって。私の彼氏はすごい人なんだ！ってちょっと誇らしくなっちゃうんだ。あはは、私が作ったんじゃないのにねー。変かな？」
「毎日、見てくれてるんだ……」
「うん、だからお店のショーケースの中のケーキをよく見ていてね。気づいたんだ」
　単純に嬉しかった。俺の仕事を、桜が誇りに思ってくれている。仕事にかけた思いを共有し、喜んでくれている。
　そんな桜の左の薬指には、遠い昔に俺が贈った、サクラのガラスドームの指輪。
　ドームには細かい傷がたくさんついていたし、金具は何度も交換していると以前に言っていた。
　――いつか、本物の婚約指輪を渡すよ。
　あの日、そんな約束をしたことを俺は覚えている。忘れられるわけがない。
　仕事が軌道（きどう）に乗り、桜と幸せになれる確信が持てたら、俺はその本物を渡そうと、心に決めていた。

——そう、まさに今日。その決意を実行しようと俺は思っていたのだった。

ケーキにロウソクを差し、俺が火をつける。そしてハッピーバースデーの歌を歌い、笑顔で火を吹き消す桜。生クリームの匂いにつられたのか、いつの間にかトラ子が桜の隣にちょこんと座っていた。

そしてナイフでケーキを切り、分け始めた桜に気づかれないように、俺は自分のバッグから小さなケースを取り出す。

「はい、悠のケーキ」

カットしたケーキを皿の上にのせ、桜が俺の前に置く。

「ありがとう」と小さく言ってから、俺はじっと彼女を見つめた。

「ん、なに？　悠」

「誕生日プレゼント、あるんだ」

「え！　ほんと!?　ケーキで大満足だったのにプレゼントまで！　私幸せ者だわー」

朗らかな笑顔になり、桜はトラ子の背中を優しくなでる。

この様子だと、彼女はまったく想定していないようだ。俺の人生をかけたプレゼントが、このあと差し出されることに。

「……これ、です」

俺はケースを桜の眼前に差し出し、パカリとフタを開ける。彼女の微笑みが、時が止まったかのように固まった。微動だにせず、小箱の中身を凝視(ぎょうし)している。

「え、え、これ、は」
　片言で絞り出すような声をあげる桜の膝の上に、トラ子がひょいとのった。小さなダイヤモンドがあしらわれた婚約指輪を、興味深そうに眺めている。
「結婚してください。俺と」
　じっと見つめてはっきりと言った。人生史上、もっとも大切な決意をこめて。
　桜は口を半開きにし、俺をぼうぜんとした面持ちで眺めていた。いまだに状況を理解していないようで、硬直している。
「あの、えっと、その……」
　おぼつかない声をあげながら、なにやら言おうとしているが、うまく言葉にならないようだった。もごもごと、要領を得ない言葉を桜は発する。
　――すると、その時だった。
　トラ子がローテーブルの上にぴょんとのると、婚約指輪に猫パンチをした。きらきらとまばゆい光をはなつダイヤモンドにそそられたのだろうか。
　そしてその拍子に指輪はケースから弾(はじ)きとばされ、ローテーブルから落下してしまったのだった。
　あまりのすばやさに、俺も桜もトラ子の行動を制することはできなかった。
「え、あ!?　トラ子！　悠、指輪どこいったかな!?」
「テレビ台の方に転がっていったけど……。あれ、ない！　どこだ!?」

「えええええ！　ちょっと、トラ子ー！」
　桜が非難めいた口調でトラ子を呼ぶが、当の猫様はどこ吹く風である。なんだあのキラキラ、たいしておもしろくないものだったなあとでも言いたげに、少し不機嫌そうにのそのそとベッドの上にのる。
「とにかく捜そう、桜！」
「う、うん！　あーもう本当にごめんね！　私がさっさと受け取らないから……」
「そんなことはいいから！　どこいったー!?」
　――かくして。
　俺の一世一代のプロポーズ大作戦は、キューピッドキャットだったはずのトラ子により、無慈悲に妨害されたのだった。

　ふたりで指輪を捜して十数分後。
　指輪はテレビ台の下で無事発見することができた。台の脚によって死角になっていたため、なかなか見つけることができなかったのだ。
　捜索作業を終えた俺たちは、ベッドの上に隣りあって腰を下ろしていた。
「あー、よかったあ」
　俺の手のひらの中の、指輪が再び収められたケースを眺めて、安堵の表情を浮かべる桜。
　俺もひと安心である。桜には内緒だけれど、かなり値の張る代物だったから。紛失（ふんしつ）なんてことになったら数日は立ち直れそうにない。

「よかったってことはさ。受け取ってくれるん、だよね？」

隣の桜を見つめて、俺は照れながらたずねる。すると彼女は頬を赤らめて、はにかんだように微笑んだ。

「断る理由、ある？」

その心底嬉しそうな微笑みは、彼女が幸せを噛みしめているかのように俺には見えて。

俺の内側が、さらなる幸福感で支配された。

「よかった」

それしか言えなかった。よかった、本当に。俺たちの行く末が、希望に満ちあふれたものになるきざしが見えて。

「だってさあ、悠がいない間。６年以上も！待ったんだからね？　むしろ、これで結婚してくれなかったらひどいんじゃない？」

“６年以上も！”にやたらと力をこめて桜が言う。俺は苦笑を浮かべた。

「はあ、その節は本当に申し訳ありませんでした」

「んー、だからその分もふたりで幸せにならなきゃ、ダメだね！」

破顔する桜を愛おしく眺め、俺はふたりの今までの軌跡を思い返していた。

いろいろなことがあったね、桜。

初めて会った頃の君は、人見知りで、自分に自信がなくて、少しうしろ向きだった。

俺とふたりでいるようになってからは、君は徐々に前向きになって、俺を支えるようになってくれた。

俺が記憶を失った時も。

俺がじきに魔法にかかってしまうことを打ち明けた時も。

眠りについてしまっている間も。

目覚めて、君を迎えにいくためにひとりでがんばっていた時も。

君は常に、俺の心のいちばん奥にいて、俺を根本から支える存在だった。

そして俺と出会った頃の君も、今目の前で幸福感に満ちあふれた笑みをたたえる君も。

変わらず優しく、美しい。

「末永く、よろしくお願いします」

「――はい」

俺は指輪をケースから出し、桜の左手の薬指にはめようとした。しかし、そこには先客がいたのだった。

「あ。この指輪、どうする？」

ガラスドームの指輪を見て、俺が桜にたずねる。16歳の頃に、俺が君にプレゼントした、仮の婚約指輪を。

「これはこっち！」

桜は嬉々とした面持ちで、ガラスドームの指輪を右手の薬指にはめた。そしてこう続けた。

「婚約指輪、ふたつあるんだね私。大層な果報者だなあ。これは私と悠の歴史をずっと見守っていてくれたものだから、ずっと大事にするよ」

見守っていてくれたもの、か。

たしかに桜の言うとおりだ。

彼女がふとした拍子に、傷だらけになったガラスドームを指でなでている光景が、俺の目には焼きついている。

「じゃあ、今後はこっちにも見ててもらおうね」

今度こそ、神聖なる左手の薬指に、婚約指輪をはめる。桜はまじまじと眺めて、嬉しくてたまらないというように、満面の笑みを浮かべた。

「そうだね。あ、でも結婚したら結婚指輪になるのかな？常にはめることになるのは」

「あ、そうか」

「まあ、なににせよ。悠からもらった指輪は、全部大切です」

噛みしめるようにそう言った桜を、やたらと愛おしく感じて、俺は思わずぎゅっと抱きしめる。

そして頬にそっと触れ、俺は桜の唇に自分のそれを重ねる。

「ずっと一緒だよ、桜」

「——うん」

ふたりで額を合わせて、至近距離で微笑みあう。わきあがってくる幸福感が、おたがいに伝わっていくのがわかる。

そんな俺たちの隣で、トラ子は「にゃー」とひと鳴きしたのだった。

END

あとがき

afterword

いつも応援ありがとうございます。湊 祥です。
この度は、『何度記憶をなくしても、きみに好きと伝えるよ。』（原題「魔法が解けるまで、私はあなたに花を届け続ける」）をお手に取っていただき、ありがとうございます。
読者の皆様のおかげで、２冊目の書籍を出版することができました。本当に感謝しかないです……！

切ない恋愛ものといえば、記憶喪失が絡んでくるお話が王道のひとつですよね。いつか絶対に記憶喪失をテーマにした小説を書きたい！とずっと思っていて、その思いを込めて書きあげたのが今回のお話です。
しかし、記憶を取り戻して感動の再会……という流れだと王道すぎるかな？と思ったので、いろいろな要素を取り入れて工夫をしてみました。
楽しんでいただけたでしょうか？
また今回は、どんな状況であっても一途に相手を想い続けるという気持ちを大切に描いたつもりです。桜にとっても悠にとっても辛く苦しい状況が多い今作ですが、それでも相手の幸せが自分の幸せだと考えられるふたりの絆を感じていただけたら嬉しいです。
ちなみに、桜も悠もお気に入りのキャラクターですが、いちばんのお気に入りは渉くんです（笑）。金髪無愛想美少年、最高だと思います！

あと、プロフィールにも記載のとおり、私は猫が大好きなので、猫が深く絡んだお話を書きたいという思いもずっと抱いていました。今回実現できたのも、ひとえに皆様のおかげです！

また、終盤はサイト版よりも大幅に加筆しております。サイト版はわりとあっさりめにラストを迎えるのですが、書籍ではふたりの想いや触れ合いを丁寧に加筆しました。書籍限定の番外編も書き下ろし、全体的により幸せ感あふれるお話に生まれ変わったと思います。

この作品を読むことで、温かい気持ちになっていただけたら幸いです。

最後になりましたが、イメージ通りのかわいく透明感のあるふたりのイラストを描いてくださったピスタ様、デザイナー様、この本に携わってくださったすべての方々に深く感謝を申し上げます。

そして、ここまで読んでくださった読者の皆様、本当にありがとうございました！

これからも、少しでも読者の方々の心に響く作品をつくりあげられるように尽力していこうと思います。どうぞよろしくお願いいたします！

2019年８月25日 湊 祥

作・湊 祥（みなと しょう）

宮城県出身、東京都練馬区在住。在宅でWeb関係の仕事をしながら、のんびり小説を書いている。猫、チョコレート、旅行が好き。美味しいものを食べている時が至福の瞬間。2018年11月、『あの時からずっと、君は俺の好きな人。』が「一生に一度の恋」小説コンテストにて最優秀賞を受賞。現在も執筆活動を続けている。

絵・ピスタ

「のんびりまったり」をモットーに、適当な人生を堪能中。ミニマリストに憧れてるのになぜか物が増えてます。どうしましょう？　チョコが大好き。もしチョコが世の中から消えたら、何を食べてしのごうか考えつつ、今日もごきげんにチョコを頬張ってます。

ファンレターのあて先

〒104-0031

東京都中央区京橋1-3-1

八重洲口大栄ビル7F

スターツ出版（株）書籍編集部 気付

湊祥先生

何度記憶をなくしても、きみに好きと伝えるよ。

2019年8月25日　初版第1刷発行

著　者　湊祥

発行人　松島滋

デザイン　カバー　齋藤知恵子
フォーマット　黒門ビリー&フラミンゴスタジオ

DTP　朝日メディアインターナショナル株式会社

編　集　若海瞳
佐々木かづ

発行所　スターツ出版株式会社
〒104-0031 東京都中央区京橋1-3-1　八重洲口大栄ビル7F
出版マーケティンググループ TEL03-6202-0386
（ご注文等に関するお問い合わせ）
https://starts-pub.jp/

印刷所　共同印刷株式会社
Printed in Japan

乱丁・落丁などの不良品はお取替えいたします。上記出版マーケティンググループまでお問い合わせください。
定価はカバーに記載されています。

ISBN 978-4-8137-0746-2　C0193